KB126892

생활이라는 계절

생활이라는 계절

ㅊㄴㅁ

이 책에 실린 글들은 다섯 계절 동안 일간지에 연재한 것이다. 일주일에 한 번, 한 편의 에세이를 쓰는 것은 생활을 정리하는 것과 비슷했다. 에세이를 쓰고 나면 다음 한 주를 가뿐하게 시작할 수 있었다. 한 주의 생활을 마치고 나면 또 한 꼭지의 글이 나왔다. 마감일을 하루 남겨놓고 안절부절못하다가도 하루의 일상을 보내면 쓸 것이 생겼다. 설거지를 하고 빨래를 개키다 보면, 밖으로 나가 걷다 보면 글감이 떠올랐다. 길에서 우연히 만난 사람과의 대화에서 글을 쓰고 싶다는 강렬한 기분을 느끼기도 했다. 그런 뜻밖의 만남은 깊은 취재로 이어지기도 했다(짧은 에세이 중 몇 개는 소설의 씨

앗이 되었다). 그래도 떠오르지 않을 때는 눈을 부릅뜨고 생활에서 글감을 찾아다녔다. 고맙게도 어제와 비슷하게 반복되는 생활인데도 마감일 전에 내 손에 쓸거리가 주어졌다. 당연한 것이지만 생활에서 길어 올린 글로 받은 원고료는 생활비에 보탰다.

그런데도 원고를 검토한 편집자가 원고를 읽으며 '생활'이라는 단어를 떠올렸다고 했을 때 조금 놀랐다. '반드시' 생활을 써야만 한다고 생각한 적은 없었으므로 글 곳곳에서 나는 생활의 냄새를 들킨 것 같아 쑥스러웠다.

첫 책을 내고 몇 년 동안 (가끔 단기알바를 했지만) 다른 직업을 갖지 않고 글을 썼다. 그 시간 동안 생활을 제대로 해야만 글쓰기를 계속할 수 있다는 것을 알게 되었다. 조금만 방심해도 기상 시간이 늦어졌고, 생활이 불규칙해지면 글이 잘 써지지 않았다. 허리를 삐끗하거나 감기에라도 걸리면 생활이 엉클어져서 일정 분량의 글을 쓰기 힘들었다. 일상의 반복이 생활이 되므로 좋은 습관을 들이려고 애써야 했다. 규칙적으로 되풀이되는 계절 속에서 날마다 반복되는 생활을 잘 살아냈을 때 비로소 한 꼭지 주어지는 것이 글이었다.

그래서 막막하지만 생활을 하며 글을 쓰는 것을 계속해보려 한다. 글이 써지지 않는 날은 슬리퍼를 꿰어 신고 밖으로 나가 장을 보고 이웃에게 말을 건네보려 한다. 내일도, 모레도 생활이라는 옷을 입고 봄 여름 가을 겨울을 통과할 것이다. 올겨울에도, 다가올 봄에도 생활이라는 단어를 붙든 채로 사계절을 무사히 날 수 있길 기도할 것이다.

에세이를 연재하는 중에 난임 병원에 다녔고 (지금도 반지하 집에 살지만) 예전에 살았던 반지하 집과 잊고 있었던 사람들을 떠올렸다. 우연히 스쳐 지나간 사람들이 건넨 말을 곱씹었고 노년에 접어든 부모에 대해 생각했으며 꾸려가야 할 앞으로의 생활을 계획했다. 누구나 지금 이 순간 감당하고 있는, 특별할 것 없는 생활인지 모르지만 독자 여러분이 이런 나의 생활에 흔쾌히 들어와주신다면 감사해 마지않을 것이다.

마지막으로 원고 뭉텅이 속에서 '생활이라는 계절'이라는 멋진 제목(제목을 받아서 곱씹다가 줄이면 '생계'라면서 혼자서 한참을 웃었다.)을 길어 올려주신 편집자님과 예쁜 표지를 주신 디자이너님께 감사의 말을 전한다.

2022년 가을
김의경

차례

4장 겨울

5장 다시, 봄

1장

봄

포기해버리기엔 아직 이른 때

마흔 살의 산전검사

남편과 함께 외출을 했다. 손을 맞잡고 빠르게 걸었지만 발걸음이 마냥 가볍진 않았다. 집에서 도보로 10분 거리. 멀지도 않은데 이곳에 오기까지 오랜 시간이 걸렸다. 무려 10년이라는 세월이. 오는 동안에도 아직 이른 것은 아닌가, 돌아가야 하는 건 아닌가 고민했다. 우리는 보건소 건물 앞에서 한 번 숨을 고른 다음 안으로 들어갔다. 좀 기다려야 하지 않을까 생각했지만 산전검사를 하는 곳은 텅 비어 있었다. 그렇다. 우리는 함께 산 지 10년이 넘어 임신을 계획하고 보건소를 찾은 것이다. 무료 산전검사는 오전에만 한다는 말에 아침 일찍 서둘러 온 것이 무색하게도 산전검사를 받으려는 사람은 우리 부부밖에 없었다. 혈압검사를 마친 다음 임상병리검사실로 이동했다. 담당 선생님이 우리에게 건넨 두 개의 소변통에는 나와 남편의 이름과 함께 나이가 적혀 있었다. 40, 41. 그 숫자가 유독 짙어 보인 것을 보면 내가 노산이라는 것을 은근히 신경 쓰고 있는 모양이었다.

우리가 아이를 갖기로 마음먹은 것은 경제 사정이 엄청나게 좋아졌기 때문은 아니었다. 더 이상 미룰 수 없는 나이이기 때문이라는 것이 솔직한 이유일 것이다. 학창시절 드라마나 영화에서 봐온 임신은 순조로운 것이었다. 연애하다가 결혼하고, 어느 순간 입덧을 한 여자는 병원에 가서 임신 소식을 듣고 놀라며 기뻐한다. 현실에서 많은 부부의 임신과 출산은 그와 다르다. 이런저런 사정으로 오랜 시간 미루고 준비해야 부모가 될 수 있다. 새로운 계획은 새로운 세계로의 진입을 의미한다. 남편은 그 어렵다는 금연에 성공했고 나는 처음으로 인터넷 육아 카페에 가입했다.

우리는 보건소에서 나와 카페에 들렀다. 몇 번 왔던 곳인데도 예전에는 보이지 않던 '노 키즈 존'이라는 글자가 유독 크게 눈에 들어왔다. 밖으로 나오자 유모차를 미는 젊은 엄마가 보였다. 그녀는 피곤해 보였지만 아이를 바라보는 눈에는 사랑이 담겨 있었다. 임신과 출산은 희망과 두려움이라는 양면성을 지니고 있다. 나의 임신과 출산은 어느 쪽일까. 새로운 세계로 들어간다는 설렘 덕분에 두려움보다는 희망 쪽에 자리를 좀더 내어주고 싶다.

벚꽃축제의 즉석사진

벚꽃 피는 계절이 되면 가슴이 두근거린다. 남녀노소 누구나 쉽게 즐길 수 있는 자연의 향연이 바로 벚꽃축제 아닐까. 아르바이트와 빚에 시달리며 청춘을 보낸 내게도 벚꽃축제는 커다란 즐거움이었다.

인생은 살 만한 것이라고 생각했다. 벚꽃이 만개한 거리를 함께 걸을 사람이 있다는 이유만으로도.

그해 봄, 나는 역시나 아르바이트 자리를 찾고 있었다. 전화하는 곳마다 이미 정원이 찼다고 말해서 적잖이 실망한 상태였다. 이런 내 사정을 알기라도 한 듯 선배 언니가 전화를 걸어왔다. 그녀는 벚꽃 축제 때 사진을 찍어 돈을 벌 거라면서 나에게 도와달라고 했다. 나는 그냥 옆에서 팻말을 들고 서 있다가 고객에게 돈을 받으면 된다고 했다.

벚꽃축제가 시작되던 날, 나는 그녀가 정성껏 만든 '폴라로이드 사진 찍으세요'라고 적힌 팻말을 손에 들고서 "사진 찍으세요. 추억을 담아 가세요!"라고 외쳤다. 생각만큼 돈은 모이지 않았다. 경쟁자가 너무 많았기 때문이다. 오랜 시간 사진을 찍어온 전문 사진사는 물론이고 축제 기간에 용돈 벌이로 나선 대학생 '찍사'도 많았다. 언니는 3년 전부터 벚꽃 축제 때마다 이 일을 했는데 디지털카메라가 인기를 끌면서 벌이가 예전만 못하다고 했다. 그래도 나는 즉석사진만큼 벚꽃과 어울리는 사진은 없다고 생각했다. 사진을 찍고 필름을 흔들면 필름 위로 형체가 잡히는 모습이 벚꽃이 번져가는 모습과 닮기도 했지만, 빨리 피고 지는 성질 급한 벚꽃은 즉석카메라로 재빨리 찍어 담아야 할 것 같았다. 나는 한 번 더 외쳤다.

"추억을 담아 가세요!"

그때 백발의 노부부가 다가와 사진을 찍어달라고 했다.

"당신 눈 감았잖아. 표정이 굳어 있네."

네 번이나 사진을 찍은 후에야 할머니는 흡족한 미소를 지었다. 할머니가 사진을 보며 중얼거렸다.

"아이고, 순식간이네, 순식간이야."

금세 인화된 즉석사진이 신기한 모양이었다.

노부부의 모습이 벚꽃 사이로 멀어져 사라질 때쯤에 이런 생각이 들었다. '순식간이네, 순식간이야.' 어쩌면 그 말은 순식간에 인생의 황혼에 다다랐다는 뜻이었을지도 모르겠다고.

지구의 날

오랜만에 친구 집을 방문했다. 친구 남편이 출장 간 틈을 타 하룻밤을 친구 집에서 보낼 생각이었다. 자주 보지 못하는 친구와 밤새 속닥거릴 생각을 하니 기분이 설렜다. 벨을 누르자 친구와 친구의 네 살짜리 아들이 반겨주었다. 얼마 전까지 기어 다닌 것 같은데. 아이는 어느새 부쩍 자라 있었다.

저녁을 먹은 뒤 친구가 냉장고에서 사과를 꺼내 왔다. 사과를 깎으려고 과도를 들자 친구가 말했다.

"어머, 몇 시야? 아직 8시 안 됐지?"

내가 7시 55분이라고 하자 친구가 안도의 숨을

내쉬며 말했다.

"오늘 '지구의 날'이잖아. 8시에 소등 행사 참여하려고."

나는 소파 위에서 장난감을 갖고 노는 친구 아들을 보며 말했다.

"갑자기 불 끄면 놀라지 않을까?"

친구가 아이에게 다가가 소등 행사에 대해 설명했다.

"오늘은 지구의 날이야. 지구의 날에는 사람들이 동시에 불을 꺼서 지구가 쉬게 해줘. 많은 사람이 함께할수록 절약 효과가 크다고 해서 엄마도 하려고 해. 그러니까 갑자기 깜깜해져도 놀라지 마."

아이가 천진한 표정으로 물었다.

"불 끄면 지구가 쉬는 거야?"

친구가 답했다.

"응. 하루 종일 일하는 지구가 1년에 한 번 10분 동안 쉬는 거야."

아이는 진지한 표정으로 고개를 끄덕였다. 친구가 내 귓가에 대고 말했다.

"사실은 같은 어린이집 다니는 엄마들이랑 다 같

이 하기로 했어. 교육상 좋대."

지구환경보호의 날은 환경오염 문제의 심각성을 알리기 위해서 자연보호자들이 제정한 날로, 매년 4월 22일이다.

친구는 냉장고, 공기청정기를 비롯한 가전기기들의 플러그를 뽑고 핸드폰 전원도 끈 다음 벽시계를 보며 거실 등 스위치를 향해 다가갔다.

초침이 8시를 가리킨 순간 암흑이 찾아왔다.

잠시 뒤 아이의 고른 숨소리가 들려왔다. 한시도 가만있지 못하던 아이가 10분간 잠잠했다. 아이는 자는 것 같진 않지만 엄마의 무릎을 벤 채로 누워 가만히 있었다.

나는 불을 켠 다음 아이에게 무섭지 않았냐고 물었다. 아이가 기지개를 켜며 말했다.

"나도 쉬었어. 엄마랑 이모도 쉬었어?"

아이의 말에 웃음이 났다. 그러고 보니 잊고 있었다. 우리 인간도 지구의 일부라는 사실을.

사람 사이의 화학반응

10여 년 전 나는 광진구에 있는 장애 관련 단체에서 일했다. 그곳에서 내가 맡은 직무는 '장애인활동보조인 코디네이터'로 장애인과 장애인활동보조인(2019년 4월, 보건복지부에서 '장애인활동지원사'로 명칭 변경)을 연결해주는 일이었다. 활동보조인 코디네이터는 나를 포함해 두 명이었는데 우리는 100여 명의 장애인 회원과 100여 명의 활동보조인 회원을 관리했다. 같은 사무실에서 일하는 동료 활동가들은 과반수가 뇌성마비 장애인이었다. 그들은 대부분 비장애인 활동보조인과 함께 다녔다. 2인 1조인 셈이었다. 그들은 유머러스했으며 사람들이 생각하는 것보다 잠재력이 뛰어났다.

마음 맞는 활동보조인만 존재한다면 더할 나위 없었다.

활동보조인으로 활동하는 장애인도 있었다. 경증장애인이 중증장애인의 활동보조를 하며 짝을 지어 다니는 경우를 현장에서는 쉽게 볼 수 있었다. 장애인 활동보조인 코디네이터는 쉬운 일이 아니었다. 자라온 환경이 다른 두 사람을 연결한다는 것은 일종의 모험이었다. 너무나 잘 맞을 것 같았던 두 사람이 한 달도 못 돼 싸우고 헤어지는 경우도 있었고, 전혀 안 맞을 것 같았던 두 사람이 서로 맞춰가며 파트너십을 뽐내는 경우도 있었다. 결국 '관계'이기 때문이었다. 두 사람 사이에 어떤 화학반응이 일어날지 나는 예측할 수 없었다.

하지만 그 예측할 수 없는 '사람 사이의 화학반응'이야말로 현장에서 버틸 수 있게 하는 힘이었다. 어떤 활동보조인을 만나느냐에 따라 장애인 당사자의 삶이 바뀌었다. 그것은 활동보조인도 마찬가지였을 것이다. 그들은 서로 무언가를 주고받는 관계였다. 그곳에서 일하는 동안 한밤중에도 나에게 핸드폰 문자를 보내는 장애인들이 있었다. 활동보조인이 갑자기 그만뒀다거나 활동보조인이 아파서 못 나오는데 어떡하느냐와 같은 문자였다. 새벽에 다리에 쥐가 났는데 옆에 아무도 없다고 공포에 질린 목소리로 전화한 회원도 있었다. 활동보조인은 늘 부족했으므로 나는 발만 동동 굴렀다.

얼마 전 강원도에 큰불이 났다는 기사를 본 순간, 나는 불길 속에서 절규하는 장애인들을 떠올렸다. 한밤중에 활동보조인도 없이 두려움에 떨 그들을 생각하자 심장이 철렁 내려앉았다. 나는 그 순간 그 시절의 장애인 활동보조인 코디네이터로 돌아가 발을 동동 굴렀다. 힘들다는 이유로 1년 만에 코디네이터 일을 그만둬버린 그때의 나를 내가 지금에야 책망하는 모양이었다.

남겨진 사람들

내가 고등학교 1학년이던 해, 성수대교가 무너졌다. 그날의 기억은 비교적 생생하게 남아 있다. 사고는 이른 아침에 일어났지만 내가 그 일에 대해 알게 된 것은 3교시 수업이 시작되기 전이었다. 복도에 나갔다가 옆 반 친구에게 소식을 전해 들었다. 그 친구는 교무실에서 선생님들이 하는 이야기를 들었다고 했다. 그날 수업에 들어온 선생님들은 그 사건에 대해 자세히 말해주지 않았다. 그 이유는 오후가 되어서야 알게 되었다. 희생자 중에는 같은 중학교에서 고등학교를 배정받은 M여고 학생들이 포함되어 있었다. 그 말은 희생자 중에 우리와 같은 중학교를 다닌 친구가 있을 수도 있다는 뜻이었다.

　다음 날 아침, 중학교 때 같은 반이었던 친구가
우리 반으로 달려와 사망자 명단에 A가 포함되어
있다는 것을 알려주었다. A는 중학교 때 우리와 같
은 반이었던 친구였다. 나는 크게 놀랐지만 1년 전
에 교정에서 마주쳤던 그 친구가 이제 이 세상에 없
다는 것이 실감 나지 않았다. 그 친구와 나는 친한
사이도 아니었고 졸업한 이후로 만난 적도 없었다.
상황이 온전히 현실로 받아들여지지 않으니 눈물도
나오지 않았다. 그런데 그 순간 얼굴 한 번 본 적 없
는 그 친구의 부모님이 생각난 건 왜였을까. 두 손에
얼굴을 파묻고 울고 있을 그녀의 부모님, 사랑하는
딸을 잃은 고통에 잠겨 있을 그녀의 부모님이. 누군
가의 갑작스러운 죽음은 그를 사랑하는 사람의 슬
픔을 떠올릴 때 비로소 사무치게 다가오는 모양이
었다.

　오랜 세월이 흐른 지금, 우리는 휴대전화와 SNS
덕분에 어떤 소식이건 빠르게 전달받는다. 하지만

슬픔과 절망에서 빠져나오는 속도를 빨라지게 할 수는 없었다. 남겨진 사람들은 여전히 떠나간 사람들과 함께 먼 과거에 머물러 있다. 어떻게든 살아야 하기에 일상으로 돌아가 다시 일을 하고 밥을 먹고 지인들과 웃으며 농담을 하겠지만 흉터는 언제고 다시 벌어져 그들을 깊은 슬픔의 수렁에 빠뜨릴지도 모른다. 떠난 이만큼이나 우리를 슬프게 하는 것은 남겨진 이들이다. 남겨진 사람들은 떠난 사람을 오래오래 그리워할 것이기 때문이다.

감정휴지통

　　　　친구와 함께 서점에 갔다. 서점 한쪽에는 흥미로운 코너가 마련되어 있었다. 탁자 위에 커다란 휴지통이 놓여 있었는데 휴지통에는 '감정휴지통'이라고 적힌 종이가 붙어 있었다. 감정휴지통이라는 글자 아래에는 작은 글씨로 이렇게 적혀 있었다.

　'묵은 고민이나 버리고 싶은 감정을 종이에 담아 던져보세요!'

　감정휴지통 앞에는 볼펜과 종이가, 감정휴지통 주변에는 정리나 자존감에 관련된 책들이 놓여 있었다. 새삼 많은 사람이 감정으로 인해 어려움을 겪고 있다는 것을 확인할 수 있었다. 생각보다 많은 사람들이 그곳에 모여들었다. 교복을 입은 고등학생, 중절모를 쓴 노신사, 아이와 동행한 엄마가 감정휴지통 앞에 놓인 종이에 글자를 적어 감정휴지통 안에 집어넣었다. 엄마를 따라온 아이도 글자를 적어 반으로 접은 후 엄마에게 전달했다. 엄마는 그것을 받아 감정휴지통에 넣었다. 묵은 고민이나 버리고 싶은 감정은 어른, 아이 할 것 없이 누구나 갖고 있는 모양이었다. 친구는 상사에 대한 불만을 적어 휴지통에 넣었고 나는 평소 스트레스를 받던 일을 적어 넣었다.

이런 것을 한다고 해서 고민이 사라질까 싶었지만 조금은 통쾌한 기분이 들었다. 누군가에게 말하는 것만으로도 고민은 해소되는 측면이 있는 것 같았다.

서점에서 나와 카페에 들어갔다. 음료를 주문하려는 손님들이 길게 줄지어 서 있었다. 줄을 서서 기다리는 동안 앞쪽에 선 남자가 누군가와 큰 소리로 전화 통화를 했다. 통화 상대와 싸우는 것 같았다. 그는 전화를 끊은 뒤 씩씩대며 주문을 했다. 음료가 나오자 남자는 점원에게 큰 소리로 화를 냈다. 점원이 주문을 잘못 들은 모양이었다. 점원은 고개를 숙이며 죄송하다고 말한 뒤 다시 음료를 내왔지만 그는 마치 점원이 실수하기를 기다리기라도 했던 것처럼 더욱 심하게 화를 냈다. 그는 그러고도 분이 풀리지 않았는지 음료를 내버려둔 채로 카페 문을 세게 닫고 나갔다. 아직 앳되어 보이는 점원의 얼굴은 붉으락푸르락하더니 끝내 눈가에 눈물이 맺혔다. 낯선 남자의 감정휴지통이 된 그녀의 얼굴을 마주한 내 감정도 한참 동안 오르락내리락했다.

늦봄

오래전 늦봄의 어느 날, 나는 공원 정문에서 가족을 기다렸다. 그때 우리 가족은 서로 다른 지역에 뿔뿔이 흩어져 살고 있었다. 그런 우리가 오랜만에 만남의 장소로 택한 곳은 다름 아닌 놀이공원. 장소를 정한 사람은 부모님이었다. 부모님에겐 우리가 여전히 어린이로 여겨졌던 모양이다. 당시 우리 가족은 모두 개인파산 혹은 개인회생을 신청한 상태였다. 이메일이나 휴대폰으로 가끔 서로의 안부를 물었지만 지금처럼 카카오톡이 없었기 때문에 단톡방에서 동시에 서로의 안부를 확인할 수는 없었다.

오랜만에 만난 우리는 어색하게 인사를 나눴다. 평일 오전, 놀이공원은 한산했다. 우리는 온종일 마음껏 놀기로 하고 모두 자유이용권을 끊었다. 무엇부터 탈까 의논하다가 의견이 합쳐지지 않자 엄마는 각자 타고 싶은 놀이기구를 타다가 세 시간 뒤에 이곳에서 모이자고 했다. 그래서 우리는 각기 따로 놀다가 우연히 마주치면 서로 안부를 물었다. 이런 식의 질문이 오갔던 것 같다.

　"이빨 아픈 건 치료했니?"

　"시험은 잘 봤어?"

　그 어색하고 엉뚱한 나들이는 의외로 재미있었다. 빚 때문에 해체되었던 가족이 다시 만난 장소로 놀이기구가 가득한 놀이공원은 더없이 적절했다. 다른 곳에서 만났다면 싸우고 헤어지지 않았을까.

　우리는 바이킹은 다 같이 타기로 했다. 나는 가장 높이까지 올라가는 꼭대기 자리에 앉았다. 남동생과 언니는 내 반대쪽 꼭대기에, 부모님은 중간 자리에 앉았다. 바이킹이 서서히 움직이기 시작하자 내 심장박동도 조금씩 거세어졌다. 나는 꼭대기에 올라갔을 때 아래쪽에 있는 언니와 동생을 내려다 보며 소리를 질렀다. 부모님은 우리에게 손을 흔들며 우는 것처럼 웃고 있었다.

놀이공원은 늦봄의 향기로 가득했다. 아카시아를 비롯한 온갖 꽃향기가 놀이기구를 타는 우리의 폐를 더욱 팽팽히 부풀렸다. 우리는 식사를 한 뒤 나란히 벤치에 앉아 솜사탕을 먹으며 파산 면책을 받은 다음 다시 모여 같이 살 것을 약속하고 헤어졌다.

늦봄은 나에게 그런 계절이다. 흩어진 직소퍼즐을 다시 끼워 맞출 수 있는 시간. 포기해버리기엔 아직 이른 때.

2장

여름

절대로 끝나지 않을 것 같은 여름도

애견공동체

요즘은 사회가 삭막해서 이웃끼리 인사도 하지 않고 지내는 경우가 많다고 한다. 하지만 꼭 그런 것 같지도 않다. 이사 온 지 다섯 달밖에 안 되었지만 남편은 벌써 동네에서 많은 사람을 사귀었다. 산책을 나갔다가 돌아오면 이웃들 이야기를 하느라 바쁘다. 쫑이 엄마는 지금 대만 여행을 갔다든가, 희망이네 집에는 시골에서 장인어른이 올라오셨다는 둥 이웃집 사정을 훤히 꿰뚫고 있다. 며칠 전에는 사랑이 아빠가 갑자기 출장을 가게 되었다면서 사랑이가 하룻밤만 우리 집에서 지내면 안 되겠냐고 했다. 그렇다. 쫑이도, 희망이도, 사랑이도 우리 동네에 사는 개 이름이다.

어느 날 남편의 핸드폰에는 '애견공동체'라는 단톡방이 개설되었다. 대체 애견공동체가 무엇이기에 말수 적은 남편이 수다를 떨게 된 걸까. 애견공동체 사람들은 애견에 대한 온갖 정보를 공유한다. 단톡방에서는 산책로와 진드기 목걸이에 대한 정보가 오가고 동네 동물병원에 대한 품평이 이어진다. 애견공동체 회원들은 한 달에 한 번은 도시락을 싸서 개를 데리고 다 같이 산에 올라간다.

시간이 흐르면 공유하는 정보가 애견에 대한 것을 넘어선다. 자연스럽게 서로의 가족과 직업에 대해서도 알게 되고 기쁨과 슬픔을 공유하게 된다. 누구네 집은 부모님이 병환 중이고, 누구네 집에서는 곧 아이가 태어날 것이고, 누구네 집 아이는 올해 초등학교에 입학했다는 등의 이야기를 듣다 보니 한 번도 만난 적 없는 그들과 오래전부터 알고 지낸 기분이 들었다.

지난주에는 나도 그 모임에 초대받아 남편과 동행했다. 각자 음식을 한 가지씩 가져와 넓은 마당이 있는 장군이네 집에서 포틀럭 파티를 열기로 한 것이다. 20대부터 60대까지 연령과 성별이 다양한 사람들이 둘러앉으니 대가족이 한자리에 모인 것 같았다. 나는 그 집의 다섯 살짜리 사내아이가 일곱 마리의 개와 어울려 노는 모습을 보며 즐거운 식사를 했다. 내가 보기에 그들은 개 때문에 만나는 것이 아니라, 개를 핑계로 만나 우정을 나누는 사이로 보였다. 애견공동체는 우리 사회에서 저절로 만들어진, 몇 안 되는 다정한 공동체가 아닐까.

반나절의 말동무

지난해 여름, 엄마가 입원했다는 소식을 듣고 병원으로 달려갔다. 엄마는 당시 아파트단지 내 헬스장에서 청소부로 일하고 있었다. 일하다가 앞으로 살짝 넘어졌을 뿐인데 허리골절이라니. 뼈가 약해진 상태였던 모양이다.

8인용 병실에 들어서자 한쪽 구석에 놓인 침대에 누워 있던 엄마가 고개만 든 채로 나를 불렀다.

"엄마 여기 있어!"

엄마는 허리에 복대를 두르고 있었다. 그 와중에도 얼굴에는 장난기가 가득했다.

낙천적인 사람도 병 앞에서는 별수 없는 모양이
었다. 함께하는 시간이 세 시간을 넘어가자 엄마는
슬슬 짜증을 내기 시작했다.

　　"너는 놀러 왔어? 거기 좀 잘 잡아봐. 아야! 그렇
게 세게 잡으면 안 되지."

　　겨우 반나절을 간병했을 뿐인데 진이 다 빠졌다.

　　"너도 운동 좀 해. 몸과 마음은 연결돼 있어. 운
동하는 건 몸을 단련하는 것이기도 하지만 사실은
마음을 달래는 거야."

　　그렇게 말하는 엄마가 열심히 운동하는 것은 보
지 못했다. 엄마는 늘 일을 해야 했고 운동할 시간이
없었다. 나는 이제 내가 용돈을 줄 테니 일을 그만두
라고 했다. 엄마는 고개를 저었다. 퇴원하면 바로 일
을 시작할 거라고 했다. 또 청소 일을 할 거냐고 묻
자 엄마가 말했다.

　　"아니, 몸을 쓰는 일은 아닌데……."

　　엄마는 내가 집에 갈 때쯤, 하려다 만 이야기를
들려주었다.

"거기서 일할 때 운동하러 온 분 중에 알고 지내는 분이 있었거든. 나보다 열 살 많은 언니야. 넓은 집에서 혼자 사는데 우울증이 좀 있어. 엊그제 그 여사님이 전화해서 그러더라. 앞으로 못 보는 거냐고. 일주일에 두 번, 하루에 서너 시간만 자기 집에 와서 말동무 해주면 안 되겠냐고. 자기 아들이 돈 입금해줄 거라고."

반나절의 말동무라니. 사실 이상한 일은 아니었다. 엄마는 입담이 좋았고 상대의 기분을 좋아지게 하는 재주도 갖고 있었다.

엄마가 퇴원한 후 말동무 아르바이트를 언제부터 할 거냐고 묻자 엄마는 그냥 안 하기로 했다고 말했다. 돈을 받으면 돈값을 해야 한다는 생각에 예전처럼 정답게 대하지 못할 것 같다고. 문득 그 팔순의 노인이 우리 엄마를 잠시 쉬게 해주고 싶었는지도 모르겠다는 생각이 들었다. 늘 웃고 있지만 역시 몸과 마음이 고단한 나의 어머니를.

어른이 된다는 것

중학생 때 보습학원 친구들과 논술 공부 모임을 결성한 적이 있다. 학생들이 번갈아 가며 스스로 논제를 정한 다음 다 함께 토론하는 방식이었고, 학원 선생님이 가끔 모임에 참관해 조언을 했다. 한 여학생이 자기 아버지가 어린이날에 한 말이라면서 "어른의 날은 왜 없을까?"라는 논제를 던졌다. 어떤 학생은 국가 예산이 부족해서라고 했고, 어떤 학생은 어른의 날을 빨간 날로 정하면 그날 하루 모든 업무가 마비돼서 사회 혼란을 불러일으키기 때문이라고 했다. 나는 다분히 감상적인 의견을 밀했던 것 같다.

"우리 모두 언제인지도 모르는 사이에 어른이 돼

버리기 때문에 날짜를 정하는 것 자체가 힘들기 때문이다."

평소 지나치게 과묵해서 속을 알 수 없던 남학생이 종이에 적은 자신의 생각을 읽어나갔다.

"어린이날은 어린이가 가장 어린이답게 시간을 보내는 날이고, 어버이날 역시 그렇다. 아무리 평소에 부모 노릇을 하지 못한 부모라 해도 자식은 부모님께 카네이션을 선물하고 감사를 표한다. 스승의 날에도 카네이션을 가슴에 단 선생님들은 그날 하루 체벌을 자제하고 자애로운 미소를 짓는다. 하지만 '어른답다'라는 것은 정의하기도 어렵거니와 어른다운 사람을 찾기도 힘들고, 설사 어른다운 어른이 있다 하더라도 어른 대접을 해주는 것은 참으로 낯간지러운 일이기 때문에, 어른의 날을 제정하려는 시도가 몇 번 있었겠지만 매번 무산됐을 것이다. 무엇보다 어른의 날이 없는 가장 큰 이유는 이 세상에 진심으로 어른이 되고 싶은 사람은 19세 미만 관람 불가 영화를 보고 싶은 나 같은 코흘리개밖에 없기 때문이다. 그러므로 우리 인류는 평생 그따위 날을 제정하려는 시도를 감히 하면 안 될 것이다!"

그 친구의 발표가 끝나자 커다란 웃음과 함께 박수가 터졌다. 선생님도 웃으며 사춘기라 그런지 모두들 어른에 대한 불만이 많은 것 같다고 했다.

그때 그 친구들은 지금 어떤 어른이 되어 있을까.

당시 어린이도 어른도 아니었던 우리는 '어른의 날'에 대한 생각은 저마다 달랐지만, 한 가지에서만은 의견이 일치했던 것 같다. 어른이 된다는 것은 아주 어렵고 골치 아픈 일이라는 것 말이다.

직업으로서의 교사

　　　　　고등학교 3학년 때 서울의 한 사립대학교 교육학과에 면접을 보러 갔다. 당시 나는 대학에 진학할 수 있는 상황이 아니었고 무엇이 되고 싶은지도 몰랐지만 두세 군데의 대학에 원서를 넣은 상태였다. 교육학과에 지원한 이유는 어른들이 교사만큼 좋은 직업은 없다고 말했기 때문이기도 했지만, 단순히 성적에 맞춰 선생님이 추천한 학과에 지원한 것이기도 했다. 한편으로는 살면서 가장 많이, 가까이에서 본 직업인은 선생님이었으므로 나를 포함한 많은 학생들이 교사가 되려고 하는 것은 자연스러운 일이었다.

면접대기실에서 나는 앞뒤에 앉은 학생들과 짧은 대화를 나누었다. 앞에 앉은 학생은 이곳은 그냥 한번 넣어본 것이라고 했다. 나는 '그냥' 넣어본 것이 아니었다. 상향 지원한 학교였기에 더욱 움츠러들었다. 면접장에 들어가서도 굽은 어깨가 펴지지 않았다. 나는 한 번도 진심으로 선생님이 되고 싶었던 적이 없었기 때문이다.

면접관은 나란히 앉은 우리에게 물었다.

"교사는 전문직, 성직, 노동직 중에서 무엇이라고 생각합니까?"

눈앞이 캄캄해졌다. 나는 12년간 학교를 다니면서 한 번도 선생님을 전문가, 성직자, 노동자라고 생각해본 적이 없었다. 그런 의문을 가져본 적이 없다는 것이 더 정확한 표현일 것이다. 왼쪽에 앉은 학생이 유명한 참고서의 저자라는 자신의 선생님을 예로 들며 교사는 전문직이어야 한다고 답하는 사이나는 열심히 머리를 굴렸다. 뭐라고 답해야 좋은 성적을 받을까. 그 순간 야간자율학습을 하는 학생들을 감독하며 자신의 목과 어깨를 주무르던 담임선생님의 모습이 떠올랐다.

"노, 노…동직인 것 같습니다."

내가 더듬거리며 답한 다음 내 오른쪽에 앉은 학생은 보기에 없는 답변을 했다.

"저는 '천직'이라고 생각합니다. 교사는 절대로 기술만 갖추었다고 할 수 있는 일이 아닙니다."

면접관의 얼굴에 미소가 스쳤다.

면접장에서 더듬거렸기 때문은 아니겠지만 나는 그 시험에서 떨어졌다. 그날 나는 처음으로 그동안 만나온 선생님들에 대해 오래도록 생각했다. 때로는 성직자가, 때로는 노동자가, 때로는 전문가가 되어야 하는 그들에 대해. 그리고 한 번쯤 교사는 천직이라고 되뇌며 버텨야 하는 그들을.

반지하 집

　　나는 지난 10여 넌간 서울의 반
지하 집을 전전했다. 이런저런 동네에서 살았지만
그중에서도 연희동 반지하 집은 내게 특별한 의미
가 있었다. 그 집은 우리 부부가 처음으로 가진 방
두 개짜리 집이었으므로 나는 좀더 자유롭게 글을
쓸 수 있었다. 우리는 그 집에서 1년 정도 더 살고
싶었지만 집주인은 자기 소유인 이 건물과 땅을 팔
기로 했다면서 계약 기간이 조금 남았지만 나가달
라고 부탁했다. 이 건물은 헐어버릴 것이므로 버릴
가구가 있다면 그대로 두고 나가면 된다고 했다. 나
는 내심 안도했다. 개가 장판을 훼손했고 벽지도 누
렇게 변색되었기 때문에 보증금을 전부 돌려받지

못하면 어쩌나 걱정했기 때문이다.

　최근 나는 우연히 그 근처를 지나다가 그 집이 있던 자리에 고급스러운 오피스텔이 들어선 것을 보았다. 우리가 살던 허름한 다세대주택은 흔적도 없었다. 그런데 아무리 기억을 더듬어도 그 건물이 어떻게 생겼는지 기억나지 않았다. 그 집에 사는 동안 나는 그 건물의 외관을 카메라에 담은 적이 없었다.

　나는 그날 집에 돌아와 그 집 주소를 네이버에서 검색했다. 혹시 네이버 거리뷰에 당시 건물이 찍혀 있지 않을까 생각한 것이다. 다행히 거리뷰에는 우리가 살았던 2010년 무렵의 모습이 찍혀 있었다. 적갈색 벽돌로 지은 3층짜리 다세대주택 반지하층은 주인아줌마가 내 방 창문 위쪽에 늘어놓은 화분들에 가려져 잘 보이지도 않았다.

　내 방 창문 바로 앞에 놓인 화초 화분은 그즈음 내가 친구에게 선물로 받은 것이었다. 집 안에는 해가 잘 들지 않아 화분을 창문 밖으로 내놓았는데 잎

사귀 윗부분이 사진에 찍힌 것이다. 창문은 반쯤 열려 있었는데 창문 윗부분에 무언가 붉은 것이 보였다. 나는 그것이 당시 남편이 자주 입고 다니던 빨간색 티셔츠라는 것을 기억해냈다. 눅눅한 반지하 방에서는 빨래가 잘 마르지 않아 상대적으로 빨래가 잘 마르는 곳인 창문 위에 걸어놓은 것이다. 화초 화분 옆에 놓인 항아리 위에는 길고양이를 위해 사료를 놓아두던 갈색 플라스틱 그릇이 놓여 있었다. 그 사진을 확대해서 보고 있자니 눈가에 눈물이 맺혔다. 일을 마치고 귀가했을 때 가전제품에 압류딱지가 붙어 있었던 어둡고 초라했던 반지하 집. 여름이면 곰팡이가 벽지 위로 올라왔으며 폭우로 물이 집 안으로 흘러들어왔던, 그래서 강아지를 높은 곳에 올려두고 물을 퍼냈던 반지하 집. 내가 굳이 기억하지 않으려 했던 연희동 반지하 집이 거리뷰에 찍혀 있다는 것이 나는 못내 반가웠다.

여름의 맛

　　　　　　　　'여름의 맛' 하면 떠오르는 음식
이 많지만 찌는 듯이 더운 날에는 묵사발이 떠오른다.

　　수년 전, 나는 단기아르바이트를 하면서 지낸 적
이 있다. 당시 나는 장기적으로 할 일을 구하고 있었
는데 적당한 일을 찾기 힘들어 단기알바를 하면서
생활비를 벌고 있었다. 하루는 아르바이트 구인 사
이트에서 당일알바 구인 공고를 보고 연락을 해서
그들이 알려준 장소로 달려갔다. 그곳에는 스무 명
남짓의 젊은이들이 모여 있었다. 담당자로 보이는
남자는 정보가 잘못 전달되어 열다섯 명 모집인데
스무 명을 모집했다면서 미안하지만 다섯 명은 교통

비를 포함한 위로금을 줄 테니 돌아가달라고 했다.
그는 다섯 명의 이름을 불렀는데 그 안에 나도 포함
되어 있었다. 무더운 날 대중교통을 이용해 먼 곳까
지 온 사람들에게 그냥 돌아가라니. 우리가 화를 내
기도 전에 그는 우리에게 돈 봉투를 건네주었다.

밖으로 나와 봉투를 열어보니 1만 5천 원이 들
어 있었다. 교통비보다 많으니 이익을 본 것 같기도
했고 오늘 하루 제대로 일할 기회를 잃었으니 손해
를 본 것 같기도 했다. 우리 다섯 명은 어색하게 서
있다가 마주 보며 실없이 웃었다. 그러고 보니 우리
모두 여자였다. 3, 40대 여자. 설마 그런 걸까. 나이
순으로 여자만 잘라낸 걸까. 그렇게 생각하니 기분
이 급격히 나빠졌다.

세 여자는 곧장 자기 갈 길로 갔지만 한 여자는
나와 나란히 지하철역 출구 쪽으로 걸었다. 나는 어
색한 분위기를 떨치기 위해 그녀에게 집이 어디냐
고 물었다. 그녀는 뜬금없이 내게 밥을 먹었느냐고
물었다. 내가 고개를 젓자 그녀가 말했다.

"그럼 우리 밥이라도 먹고 갈래요? 기운이 빠져서 도저히 집에 못 가겠어요."

우리는 가까운 시장 입구로 들어갔다. 습도도 높았지만 유난히 햇살이 강한 날이었다. 불쾌감 때문에 입맛이 없는데도 허기가 졌다. 그 순간 눈에 들어온 것은 묵사발이었다. 우리는 나란히 앉아 봉투에서 돈을 꺼내 각자 묵사발을 사 먹었다. 먹는 동안 우리는 아무런 말도 하지 않았다. 시원하고 부드러운 묵사발을 먹는 동안은 조금 전의 불쾌한 일을 까맣게 잊을 수 있었다.

도시락의 추억

　　　　　　　친구들과 함께 산에 올랐다. 중
간쯤 가다가 도시락 가게에서 사온 도시락을 꺼냈
는데 모두들 그다지 만족스럽지 않았던 모양이다.
화제는 갑자기 '학창시절 도시락'으로 바뀌었다. 나
는 도시락을 떠올리면 기분이 마냥 좋지는 않았다.
맞벌이였던 엄마는 새벽에 도시락을 세 개나 싸는
것을 힘들어했다. 엄마는 빠르고 쉽게 만들 수 있는
반찬 몇 가지를 번갈아 담아주었다. 하지만 남의 떡
이 커 보이기 때문이었을까. 엄마의 노력이 어떻든
내 눈에는 언제나 다른 친구의 도시락이 더 맛있어
보였다.

A는 집안 사정이 어려운 탓에 아무리 고기를 넣어달라고 해도 엄마가 꽈리고추를 넣은 계란장조림을 싸주는 것이 불만이었다고 했다. 그런데 지금은 그 맛에 길들여져 일부러 고기를 넣지 않고 장조림을 만든다고 했다.

B의 아빠는 어릴 때 엄마를 여읜 딸을 위해 딸의 도시락에 나름 신경을 썼다. 아빠는 칼집을 낸 비엔나소시지를 기름에 튀기지 않고, 소금을 넣은 뜨거운 물에 살짝 데쳐 케첩을 뿌려줬다. B는 지금도 비 오는 날에는 와이셔츠를 입은 채로 반찬을 만들던 아빠의 모습과 함께 소시지의 맛이 생각난다고 했다.

C는 단 한 번도 맛있는 집밥을 먹어본 기억이 없다고 했다. 엄마의 요리 실력이 형편없어서 도시락을 싸가는 것이 창피할 정도였다는 것이다. 요리하는 것을 싫어하던 엄마는 주먹밥을 자주 싸줬는데 수십 년 뒤 그 맛없는 주먹밥을 더 이상 먹을 수 없다고 생각하면 슬퍼진다고 했다.

내 머릿속에는 새빨간 반찬이 떠오른 상태였다.
참기름과 설탕, 고추장, 진미채를 넣고 두 개의 순가
락으로 마구 비빈 그 촌스러운 반찬을 나는 '엄마표
진미채무침'이라고 소개했다. 그 반찬을 이유 없이
싫어했던 나는 엄마에게 그 반찬을 도시락에 넣지
말라고 했다. 하지만 성인이 되어 자취를 할 때 종종
그 맛이 그리워 재료를 사다가 직접 만들어봤다. 아
쉽게도 그때 그 맛은 나지 않았다.

　　우리 입에서는 계속해서 군침이 돌게 하는 반찬
의 이름이 흘러나왔다. 오이소박이, 연근조림, 볶음
김치……. 우리가 좋아하는 반찬들은 모두 저마다
의 사연을 갖고 있었다.

엄마가 두려워하는 것

엄마는 지난봄 40일간 요양보호사가 되기 위한 교육을 받았다. 엄마는 내가 전화를 하면 작은 목소리로 수업 중이라고 말하고 전화를 끊었다. 그러고는 쉬는 시간에 내게 전화를 걸어 수업 내용이 너무나 재미있다면서 그날 배운 것들에 대해 말해주었다. 칠순의 나이에 무언가를 배우는 것이 즐거웠던 모양이다. 나는 엄마 나이에 요양보호사는 무리가 아닐까 생각했지만 엄마는 함께 교육받는 사람 중에 엄마와 동년배 여성이 많다고 했다. 일자리를 찾는 70대 노인이 많다는 뜻이었다.

이론수업이 끝나고 실습이 시작되자 전화기 너

머 엄마의 목소리가 부쩍 작아졌다. 엄마는 내가 전화를 하면 별로 말하고 싶지 않은 듯 전화를 빨리 끊으려 했다.

나는 엄마가 요양원 실습을 마치던 날 엄마 집으로 찾아갔다. 우리는 커피 두 잔을 앞에 두고 이야기를 나누었다. 나는 눈앞에 생생하게 펼쳐진 요양원 풍경에 기분이 우울해졌다. 엄마의 표정은 어두웠다. 치매 환자 이야기를 할 때 특히 그랬다. 요양원에 치매 환자만 있는 것도 아닐 텐데 엄마는 유독 치매 환자에 대한 이야기를 많이 했다. 엄마의 말을 듣는 것만으로도 나는 가슴에 돌덩이를 올려놓은 듯 답답했다. 엄마는 요양보호사 일을 하고 싶지 않은 것 같았다. 엄마의 얼굴에 그렇게 쓰여 있었다. 자격증을 따서 노인 복지를 위해 힘쓰겠다고 의욕을 불태웠던 엄마였는데. 내가 상상하는 것보다 실습이 훨씬 힘들었던 모양이다.

엄마는 커피를 한 모금 마신 뒤 말했다.
"그동안은 죽음이 아직은 멀리 있다고 생각했는

데 거기서 일하는 동안 자꾸만 죽음에 대해 생각하게 되어서 그런 것 같아."

　　나는 칠순이 넘은 요양보호사가 자신과 나이가 비슷하거나 더 많은 노인들을 돌보는 것은 아무래도 가혹하다고 생각했다. 역시 이 일은 엄마에게 맞지 않는 것 같았다. 엄마는 조금 남은 커피를 마저 마신 뒤 이렇게 덧붙였다.
　　"무엇보다 내가 치매에 걸리면 어쩌나 하는 생각이 들어서 무서워. 자식들한테 폐만 끼치고."
　　그제야 알 것 같았다. 엄마가 두려워하는 것은 결국 그 부분이었던 것이다. 자식들을 힘들게 하면 어쩌나 하는 것. 나는 엄마의 두려움 앞에서 할 말을 찾지 못한 채 빈 커피잔만 만지작거렸다.

서울국제도서전

        코엑스에서 열린 서울국제도서전에 다녀왔다. 독서 인구가 줄었다는 말이 무색하게도 그곳은 발 디딜 틈이 없었다. 나는 대여섯 권의 책을 구입한 뒤 방문객을 위해 비치해둔 빈 백 의자에 앉았다. 내 옆에는 한 여자아이가 빈 백 의자에 비스듬히 앉아 이북리더기를 들여다보고 있었다. 나는 아이를 쳐다보다가 아이와 눈이 마주쳤다. 나는 아이에게 전자책이 종이책보다 좋으냐고 물었다. 내년에 초등학교에 들어간다는 여자아이는 뜻밖에도 자신은 종이책을 읽어본 적이 별로 없다고 말했다. 부모님은 책을 좋아하지만 집에 짐이 늘어나는 것을 싫어하기 때문에 책도 전자책으로 산다는 것이다. 그래서 자기 집에는 책장도 없고 책이 두세 권밖에 없다고 했다. 물론 집 밖에 나가면 종이책이 있지만 자신은 전자책이 훨씬 편하다고 했다. 아이는 이북리더기를 가리키며 이 안에 책이 서른 권이나 있다고 자랑했다. 아이 말대로 그곳에는 수십 권의 평면 도서가 나란히 놓여 있었다. 아이는 웃으며 자신이 좋아하는 동화책의 내용을 이야기해주었다. 음료를 사러 간 아이의 엄마가 자리로 돌아와 아이와 더 이상 대화를 나누진 못했지만 내 생각은 계속해서 이어졌다.

나는 어린 시절 책과 함께한 기억을 소중히 간직하고 있어서인지 종이책 없이 자란 아이를 상상하기 힘들었다. 방 안에 책을 늘어놓고 형제들과 집 만들기 놀이를 한 경험이, 자신의 책장에 한 권 한 권 책을 모아본 경험이, 밤늦은 시간 혼자 침대에 누워 한 장씩 책장을 넘겨본 경험이, 종이책에 코를 묻고 냄새를 맡아본 경험이 저 아이에겐 없다니. 아이의 부모가 야속하게 느껴지기까지 했다.

물론 이런 내 생각은 편견에 불과할지도 모른다. 아이는 실물 책장이 아닌 사이버 공간에 차곡차곡 쌓이는 책을 보며 흐뭇함을 느끼고, 종이책 넘기는 소리가 아니라 액정화면을 손가락으로 터치해 책장을 넘기는 촉감에 익숙할지도 모른다. 종이책에 손가락을 베인 경험 같은 건 천 년 뒤 구시대의 유물이 될지도 모른다. 그렇다고 해서 크게 서운하진 않았다. 천 년 뒤에도 이야기를 좋아하는 아이들의 마음은 변하지 않을 것을 믿기 때문이다.

헌책방

　　　　　한쪽 구석에서 막대사탕을 입에
물고 만화책을 보며 키득대는 남학생, 딸아이의 손
에는 동화책을 쥐여주고 로맨스 소설에 빠져든 젊
은 엄마, 창문 너머 거리에서 들려오는 사람들 목소
리, 오래된 종이 냄새와 눈앞을 부유하는 먼지. 내가
기억하고 있는 헌책방의 풍경이다. 한때 가장 자주
들르던 공간은 바로 헌책방이었다. 불과 10년 전만
해도 매주 방문하던 헌책방이 있었다. 대체로 마음
이 어지러울 때 그곳에 방문했는데 골목 깊은 곳에
있었으므로 가는 중에 저절로 무거운 마음이 풀어
지곤 했다. 좁고 비밀스러운 공간으로 들어가 책 구
경을 하다 보면 기분이 나른해지며 긴장이 풀렸다.

제대로 정리되지 않은 헌책방 안을 샅샅이 뒤져 희귀본이라도 발견하면 보물을 찾은 것처럼 기뻤다.

헌책방에서 사온 책에는 책의 이력이 묻어 있었다. 선배와 후배가, 연인끼리 책을 통해 마음을 주고받은 흔적이 남아 있었다. 잘 알려진 소설의 '상'권을 펼치자 속지에 예쁜 글씨체로 이렇게 적혀 있었다.

'지훈에게. 앞으로 상하권으로 나온 책은 상권은 내가 갖고 하권은 너에게 주기로 했어. 나중에 결혼하면 합칠 거니까 잘 보관해.'

상권만 헌책방에 꽂혀 있는 것을 보니 연인은 이별을 한 모양이었다. 책의 속지에 적힌 메모를 통해 이런저런 상상을 하고, 책에 그어진 밑줄을 따라 읽다가 책을 사서 나오곤 했다.

며칠 전 유명 온라인서점에서 운영하는 중고서점을 방문했다. 중고서점이라고 하기엔 너무나 깨끗한 장소와 말끔한 책 덕분에 기분이 좋아졌다. 사실 간판이 없다면 중고서점이라는 것을 알기 힘들 것 같았다. 중고책을 매입하고 매매하는 방식도 합

리적이었다. 좀더 높게 값을 쳐달라고 주인아저씨와 흥정을 벌일 필요가 없었다. 오래전 헌책방 주인들이 합의된 기준 없이 값을 매기던 것과 달리 비교적 명확한 기준으로 가격을 책정하고 있었다. 낙서가 심한 책, 물에 젖은 책은 아예 매입이 되지 않으므로 더러운 책을 만날 수도 없었다. 그런데도 왜 조금은 허전하고 섭섭한 기분이 들었는지, 그곳에서 나오는 발걸음이 무거웠는지 모르겠다.

카공족

유난히 무더웠던 여름날, 오전 11시부터 동네 카페에 나가 자리를 잡았다. 역시나 '카공족'이 카페를 가득 메우고 있었다. 회사원으로 보이는 사람도 있었지만 대부분은 노트북과 문제집을 테이블에 올려둔 취업준비생들이었다. 나처럼 글 쓰는 사람에게도 카페는 고마운 공간이었다. 무더위를 피할 수 있는 쉼터이기도 했고 적당한 소음을 제공해 집중해서 책을 읽거나 글을 쓸 수 있게 해주는 작업실이기도 했다. 카페에서 혼자 시간을 보내는 사람이 증가하는 바람에 만들어진 신조어도 있다. 카페에서 공부하는 사람을 뜻하는 '카공족', 카페에서 업무를 보는 사람을 뜻하는 '코스피족'. 카페에서 소설을 쓰는 나는 '카소족'쯤 되려나.

　　자리에 앉아 있는 시간이 두 시간을 넘어갈 무렵 나는 염치없는 카소족이 되지 않기 위해 음료를 하나 더 주문했다. 카페 주인이 불편한 표정으로 카페를 둘러보는 것이 왠지 나 때문인 것 같았기 때문이다. 그때 10여 명의 여자들이 들어오더니 테이블 두 개를 붙이고 앉아 대화를 나누었다. 옆자리에 앉은 나는 본의 아니게 대화를 엿듣게 됐다. 그들의 최대 관심사는 아이들 교육인 것 같았다. 카페 안에 음악이 흐르다 보니 그들의 목소리는 점점 더 높아졌다. 그들이 데려온 예닐곱 살 아이들은 엄마들로부터 멀찍이 떨어져 있는 테이블을 하나 차지한 채로 고개를 맞대고 이야기를 하다가 소리를 지르기도 했다.

　　오후 2시가 넘어가자 카페에서 흔히 볼 수 있는, 수다 떠는 사람들과 공부하는 사람들 사이의 실랑이가 벌어졌다. 한 학생이 엄마들에게 다가가 자신들은 스터디그룹인데 필기시험을 볼 생각이니 30분만 목소리를 낮춰주면 안 되겠느냐고 말한 것이다. 그들은 고개를 끄덕이긴 했지만 화기애애한

분위기가 잦아들어 얼굴을 붉히며 금세 자리를 떴
다.

　잠시 뒤 카페 한쪽 벽에는 이렇게 적힌 종이가
붙었다.
　'카페는 나 자신과 대화하는 곳이기도 하지만 서
로 다른 두 사람이 대화하는 곳이기도 합니다. 서로
배려해주십시오.'
　혼자 공부하는 카공족과 대화를 원하는 손님들
사이에서 고민 중인 카페 주인의 고뇌가 엿보이는
글귀였다.

영상통화

　　　　　나는 집 앞 골목에서 매일 저녁,
같은 사람과 마주쳤다. 서너 달 전부터 마주쳤지만
가끔 눈인사를 했을 뿐 대화를 나눠본 적은 없었다.
그가 외국인이기 때문이었다. 스무 살이 넘었을까
싶게 앳되어 보이는 그는 하루도 빠짐없이 누군가
와 영상통화를 했다. 통화 상대는 대체로 여성이었
다. 어머니로 보이는 중년 여성일 때도 있었고 청년
과 비슷한 나이의 젊은 여성일 때도 있었다. 이어폰
을 꽂지 않고 통화를 하는 것을 보니 그 역시 타인이
자신의 언어를 알아듣지 못할 거라고 생각하는 모
양이었다.

그가 영어를 사용했더라면 용기를 내어 말을 걸어봤을지도 모르겠다. 하지만 그가 구사하는 언어는 태어나서 한 번도 들어본 적 없는 낯선 언어였다. 영화에서도 들어본 적 없는 그 언어는 외계인의 말처럼 들렸다. 그래서인지 그 언어는 듣는 사람인 내기분에 따라 다르게 들렸다. 부탁하는 것 같기도 했고 조르는 것 같기도 했으며 때로는 화를 내는 것 같기도 했다.

그는 근처 건설현장에서 일하는 외국인 노동자였다. 나는 목에 수건을 두른 그가 집 근처 편의점앞 간이테이블에서 동료들과 함께 음료를 마시며 한국인 관리자의 지시를 듣는 것을 몇 번 보았다. 우리 동네에는 외국인 노동자가 많았다. 그는 우리 집 다음 골목에 있는 반지하 집에 살았다. 나는 그를 비롯한 외국인 청년들이 그 집을 드나드는 것을 자주 보았다. 합숙을 하므로 집 안에서는 전화 통화를 할 수 없는 것이리라.

그런 그가 우는 것을 보았을 때 나는 크게 놀랐

다. 그는 자신이 늘 앉는, 전봇대 앞에 놓인 벽돌 위에 주저앉아 스마트폰을 들여다보며 눈물을 흘리고 있었다. 그는 우는 것을 들키지 않으려는 듯 소리 내지 않고 울었다. 그저 눈에서 눈물이 흘러나올 뿐이었다. 스마트폰 속의 누군가도 우는 것 같았다. 알아들을 수 없는 그들의 대화를 엿듣는 내 눈에도 눈물이 고였다. 나 역시 지구 저편에 있는 누군가를 그리워해본 적이 있기 때문이다. 말이 통하지 않는 우리는 그 순간만큼은 그리움이라는 감정을 공유하고 있었다.

폭탑방에 사는 사람

　　　　　　　　　지난봄부터였던가. 매일 같은
시간, 내 방 창문 앞에 동네 노인들이 모여들어 담
소를 즐기기 시작했다. 쉼터라도 되는지 의자도 대
여섯 개 놓여 있었다. 나는 반지하 집에 사람이 사는
것을 모르나 싶어서 부러 창문을 여닫아봤지만 그
들의 모임은 계속되었다. 짜증이 났지만 매몰차게
남의 방 앞에서 시끄럽게 하지 말라고 말하기가 힘
들었고 결국 말할 타이밍을 놓치고 말았다. 그리고
언젠가부터는 본의 아니게 그들의 대화를 엿듣게
되었다. 요 며칠간은 날씨가 더워서인지 그들의 목
소리가 들리지 않았다. 그 대신 커다란 라디오 소리
가 들려왔다. 이제 남의 방 앞에서 라디오를 듣는 건

가 싫어 나는 씩씩대며 밖으로 나갔다. 근처 다세대 주택 옥탑방에 사는 할머니가 그곳에 홀로 나와 있었다. 할머니는 돗자리까지 깔고 누워 라디오를 들으며 옥수수를 먹고 있었다. 왜 혼자 나와 계시냐고 물었더니 할머니는 폭탑방에는 이 시간에 도저히 있을 수가 없다고 했다. 폭탑방이 무엇이냐고 물었더니 재미있는 답변이 돌아왔다.

"폭염 속 옥탑방. 찜통이야, 찜통. 꼭 옥수수 찌는 찜통 같아. 땀으로 몸속의 짠물이 다 나오니까 내가 옥수수가 된 기분이야."

웃을 상황이 아닌데 웃음이 나왔다. 집에 선풍기가 없냐고 물었더니 할머니는 있어봤자 더운 바람이 불어 더 덥다고 했다.

집에 들어와 남편에게 그 이야기를 했더니 남편은 지난겨울 이사 왔을 즈음 그 할머니의 집에 간 적이 있다면서 그 집이라면 요즘 같은 날씨에 찜통 같을 거라고 했다. 할머니는 그날 누군가 버린 의자를 자기 집으로 옮기고 있었는데 때마침 마주친 남편에게 자신의 방까지 의자를 옮겨달라고 부탁했다고 한다. 남편은 의자를 들고 할머니와 함께 할머니가 사는 건물 꼭대기 층까지 올라갔다.

할머니의 좁은 방은 얼음장 같았다. 전기장판이 하나 있었지만 어떻게 잠을 잘까 싶게 추웠다. 옥탑방까지 걸어 올라가는 동안 생긴 몸의 열기가 고마울 정도였다.

겨울에는 얼음장 같은 방, 여름에는 찜통 같은 방에서 홀로 사는 할머니를 생각하니 울적했다. 남의 방 앞에서 라디오를 듣지 말라고 말할 기회는 영영 놓친 셈이었다.

여름 나기

입추라는데 여전히 밖에 나가기
가 두려울 정도로 무더운 날씨가 이어지고 있다. 더
위를 피해 수영장에 갔다가 몇 달간 수영장에서 얼
굴을 마주치던 분들과 처음으로 인사를 나누었다.
물론 처음이란 말은 어폐가 있다. 긴 대화를 나누지
않았을 뿐이지 눈인사를 나누었고 수영 동작이 틀
리면 서로 지적해주기도 했기 때문이다. 샴푸나 물
안경을 빌려주기도 했고 누군가 오랜만에 수영장에
나오면 집안에 무슨 일이 있었느냐고 묻기도 했다.
우리 네 명은 함께 강습을 받는 사이는 아니었지만
늘 같은 시간에 마주치는 자유수영 회원이었다. 그
런 우리가 지난주 처음으로 정식으로 통성명을 한

것이다. 수영을 마친 후 네 사람이 다 같이 엘리베이터를 타게 되었고 그중 한 명이 더운데 팥빙수라도 먹고 가자고 제안했다. 우리는 근처 카페로 들어가 팥빙수를 먹으며 대화를 했다. 자연스럽게 수영을 시작하게 된 이야기가 나왔는데 그중 한 분의 이야기가 인상적이었다.

20여 년 전, 그녀에게는 커다란 불행이 찾아왔다. 남편이 갑자기 사고로 세상을 떠난 것이다. 그녀는 알코올의존증이 생겼고 우울증이 심해져 죽으러 혼자 바다에 갔다. 서너 시간 동안 사위가 어둑해질 때까지 물을 노려보고 있었는데 살고 싶은 마음이 더 강했는지 무사히 집으로 돌아왔다.

그녀는 다음 날 집 근처 수영장에 등록했다. 좀 엉뚱하지만 바다 앞에서 그 나이 되도록 자신이 한 번도 수영을 해본 적이 없다는 사실을 깨달았단다. 그녀는 죽기 전에 못 해본 것을 해보기로 했다. 수영을 배워보니 뜻밖에도 재밌었다. 수영을 하는 동안은 머릿속에서 잡념을 몰아낼 수 있었다. 물속에서 손발을 휘젓고 나면 배가 고파 밥맛도 좋았고 가슴 속 응어리가 풀어지는 것 같았다. 꾸준히 수영하다 보니 우울증도 완화되었다.

"지금 생각해보니 그때 인생의 가장 끔찍한 여름을 나고 있었던 거 같아요."

다음 날 다시 수영장에서 만났을 때 우리는 전날의 대화는 잊은 듯 서로 눈인사만 나누고 레인을 돌았다.

역시 여름 나기로 수영만 한 것이 없었다. 나는 수영을 마치고 건물 밖으로 나가 뜨거운 뙤약볕 속으로 들어가며 생각했다. 절대로 끝나지 않을 것 같은 여름이 지금 이 순간에도 지나가고 있다고.

3장

가을

이제는 차가운 커피 말고 뜨거운 커피를

타임머신

          엄마와 함께 시장에 갔다가 세 아이의 엄마를 만났다. 아이 엄마는 30대 초반으로 보였는데 남자아이는 엄마가 이리 오라고 해도 들은 척도 하지 않고 저쪽에서 무언가를 들여다보고 있었다. 여자아이는 신이 나서 이리저리 뛰어다녔다. 설상가상으로 힙시트를 착용해 뒤로 업은 갓난아기도 목청껏 울어댔다. 옆에서 지켜보던 엄마는 사내아이에게 다가가 어서 너희 엄마에게 가라고 참견을 했다. 아이 엄마는 넋이 빠진 듯 멍하니 어딘가를 보고 있었다.

          엄마도 3남매를 키웠다. 오래전 엄마도 저 여자

처럼 다섯 살도 되지 않은 세 아이를 데리고 시장통을 거닐었을 것이다. 국숫집에 들어가 국수가 나오기를 기다리면서도 엄마는 그 아이들에게서 눈을 떼지 못했다. 나는 엄마에게 우리를 키우는 것이 힘들지 않았냐고 물었다. 하고 보니 하나 마나 한 질문이었다.

우리가 어렸을 때 아빠는 사우디아라비아에서 일했다. 한국에 자주 들어오기가 힘들어서 엄마는 1년에 한 번 정도 아빠 얼굴을 볼 수 있었다. '독박 육아'였으니 얼마나 힘들었을까. 엄마는 웃으며 말했다.

"육아는 원래 힘든 거야. 너는 어디를 가면 그렇게 잘 사라졌어. 언니는 겁이 많아서 엄마 치마 꼭 붙들고 놓지 않았는데 너는 여기 가서 구경하고 저기 가서 구경하고. 매일 너를 찾으러 다녔어. 그래도 저 나이 때 아이들은 너무 사랑스러우니까 타임머신을 타고 그때로 돌아가서 너희들 만나보고 싶다."

눈앞의 젊은 엄마에게는 너무나 길고 힘든 시간

으로 엄마는 타임머신을 타고 돌아가고 싶다니. 그 시절을 이미 살아낸 사람만이 할 수 있는 여유로운 생각일지도 모른다. 하지만 나도 타임머신을 타고 그때의 엄마를 한번 만나보고 싶긴 했다. 30대의 젊은 엄마와 나를 닮은 네 살짜리 여자아이를 만난다면 자신의 한 시절을 전부 자식들에게 내어준 젊은 엄마에게는 시원한 음료를 한 잔 건네고, 화려한 볼거리에 넋을 잃은 나를 닮은 꼬마에게는 엄마가 찾고 있으니 얼른 돌아가라고 말해줄 것이다.

봉숭아 꽃물

　　　　　　　　문방구에서 손톱에 봉숭아 꽃물을 들이는 제품을 발견했다. 꽃과 잎을 절구에 넣고 빻는 복잡한 절차 없이 가루에 물을 섞어 30분 만에 간단히 꽃물을 들일 수 있는 제품이었다. 반가운 마음에 그것을 사 와서 손톱에 꽃물을 들여봤는데 그럭저럭 어린 시절의 추억을 되살릴 수 있었다. 하지만 이렇게 빨리 물이 들어버리는 봉숭아 꽃물은 어쩐지 아쉬웠다. 주황색 손톱을 보고 있자니 돌아가신 할머니가 생각났다. 할머니는 매해 여름, 손자 손녀의 손톱에 봉숭아 꽃물을 들여주셨다. 어린 내게는 그것이 얼마나 고대하던 행사였는지 화단에 봉숭아꽃이 피면 가슴이 두근거릴 정도였다.

할머니는 봉숭아꽃과 잎을 따다가 백반과 함께 절구에 넣은 다음 절굿공이로 빻아 반나절 동안 냉장고에 넣어두었다. 그리고 밤에 잠들기 전에 손자 손녀를 불러모았다. 비닐을 손가락 밑에 대고 손톱 위에 으깬 봉숭아꽃을 올려놓는 순간의 감촉이 어찌나 차가우면서도 시원하던지. 나는 몸을 떨며 즙이 스며 나온 봉숭아꽃의 향기를 코로 들이마셨다. 할머니의 엄지와 검지는 우리들의 손에 으깬 봉숭아꽃을 얹어주느라 벌써 붉게 물들어서 내일 아침에 붉게 변해 있을 손톱에 대한 기대감을 더욱 부풀렸다. 할머니는 비닐을 실로 묶으며 손톱에 들인 봉숭아 꽃물이 첫눈이 올 때까지 남아 있으면 첫사랑이 이루어진다고 했다.

단단히 실로 동여매서인지 잠을 자는 동안 손가락이 간지럽고 아팠다. 그래서 자고 일어나면 손가락에 동여맨 비닐 열 개가 모두 그대로 남아 있는 법이 없었다. 도중에 스스로 비닐을 빼버리는 통에 한두 개는 다른 곳보다 색이 엷게 물들어 있었다. 꽃물을 들이기 전에 손톱 주변에 투명 매니큐어를 칠하면 손톱 밖으로 벌겋게 물들지 않게 할 수 있었지만 손가락까지 붉게 물들어버리는 것이 삐져나왔을 때 지울 수 있는 매니큐어와는 다른 봉숭아 꽃물만의 매력이었다. 나는 손톱이 길어서 친구들보다 늦게 들여도 가장 늦게까지 꽃물이 남아 있었다.

사춘기 시절에는 조금씩 사라져가는 봉숭아 꽃물을 보며 첫눈을 기다렸다면 이제는 할머니와의 추억을 떠올린다. 나에게 봉숭아 꽃물은 기다림과 그리움이다.

여름과 가을 사이

집 밖으로 나가면 가을이 왔음을 실감할 수 있는 때이다. 과일가게에는 탐스러운 과일이 저마다의 색을 뽐내며 진열되어 있고 하늘은 높고 푸르다. 내가 하늘을 자주 올려다보지 않는다는 것을 깨닫는 것도 매해 이맘때다. 그림처럼 펼쳐진 구름과 하늘의 모습에 감탄하며 핸드폰을 들어 올려 셔터를 눌러대는 사람들을 따라서 나도 하늘 사진을 찍었다.

탄천에 나갔던 8월의 마지막 날에는 가을이 온 것을 완연히 느낄 수 있었다. 길가에는 코스모스가 피어 있었고 매미 소리가 크게 들렸다. 땅에는 밤송이가 떨어져 있었다. 나는 밤송이를 몇 개 주워 주머니에 넣고 앞으로 나아갔다. 연못에는 개구리밥이 가득했고 날개를 편 백로의 모습은 여유로웠다. 강아지에게 쫓긴 오리떼는 갈대와 억새풀 사이로 날아올랐다. 이름 모를 작은 꽃들도 곳곳에 피어 있었다. 탄천의 자연에는 정리되지 않은 아름다움이 있다. 꽃보다 잎이 아름답다는 가을, 나뭇잎이 형형색색의 단풍으로 물드는 본격적인 가을보다는 가을의 문턱에 들어선 지금 이맘때가 매해 기다려지는 이유는 그 시기가 매우 짧기 때문일 것이다. 여름을 보내고 가을을 맞이하는 시간은 사춘기처럼 푸릇하면서도 애틋하다.

　이런 계절에는 가만히 시간을 그냥 흘려보내도 좋았다. 나는 벤치에 걸터앉아 밤송이를 만지작거리며 봄부터 계획했지만 진척을 보이지 않는 일에 대해 생각했다. 어디서부터 잘못되었을까. 지금이라도 다시 시작할까 생각하니 한숨이 나왔다. 그동안의 노력이 물거품이 된다는 생각에 절망감이 밀려왔다. 주말마다 탄천에 나와 자전거 타기를 배우던 꼬마는 이제 엄마가 잡아주지 않아도 능숙하게 자전거를 타는데 나는 무얼 하고 있는 건가 싶었다. 그때 나무 한 그루가 눈에 들어왔다. 그 나무의 아래쪽에 난 잎들은 녹색이었지만 위쪽에 난 잎들은 붉게 물들어 있었다. 시간 맞춰 나오지 않았다면 보지 못했을, 여름과 가을 사이에서 옷을 갈아입고 있는 나무의 모습이었다. 곧 가을장마가 시작된다고 하니 오늘 이 나무를 만난 것이 운명적으로 느껴지기까지 했다.

어쩌면 진척을 보이지 않는 내 일도 아직 선명히 윤곽이 보이지 않을 뿐 영글어가는 중일지도 모를 일이었다.

분식점 아줌마의 추석

자주 가는 분식점이 있다. 작은 체구의 여자 사장님은 혼자서 메뉴판에 있는 십수 가지의 음식을 빠른 속도로 만들어낸다. 맛도 좋지만 음식을 많이 담아주기 때문에 남는 것이 있는지 궁금할 정도이다. 눈에 띄지 않는 가게인데도 단골이 많은 것은 그런 이유일 것이다. 자주 가다 보니 언젠가부터 그녀가 어린 시절부터 알고 지낸 이웃 아줌마처럼 친근하게 느껴졌다.

9월 초, 그곳에 가서 식사를 했다. 나는 아줌마에게 이번 추석에는 고향에 안 내려가시냐고 물었다. 아줌마는 갈까 말까 고민 중이라고 했다. 아줌마는 3년 전 추석날에 가게 문을 열었는데 생각보다 손님이 많아서 놀랐다고 했다. 취업준비생, 외국인 노동자, 독거 노인…… . 그녀의 고객은 저마다의 사정으로 추석 때 고향에 갈 수 없는 사람들이었다.

지난해에도 추석날 밤에 문을 닫으려 하는데 한 남학생이 들어와서 김치볶음밥을 주문했다. 대학졸업반인 그 학생은 자신의 어머니가 가장 잘 만드는 음식이 김치볶음밥이라면서 추석 기간에는 아르바이트 시급이 높으므로 일하고 오는 중이라고 했다. 아줌마는 아무래도 그 청년이 이번에도 고향에 내려가지 못할 것 같으니 자신도 추석 때 쉬지 못할 것 같다고 했다.

아줌마가 걱정하는 사람은 한 명 더 있었다. 지난 3년간 매해 추석에 밥을 먹으러 온 여학생으로, 그녀는 대학을 졸업한 지 3년이 되도록 공무원 시험에 합격하지 못해서 3년 동안 고향에 가지 못한 신세였다. 그 학생은 근처 고시원에 사는데 고시원에서는 요리하는 것이 불편하기 때문에 이번에도 분명히 올 거라고 했다. 그 학생이 10년 동안 합격을 못 하면 10년 동안 고향에 안 가실 거냐고 묻자 아줌마는 이렇게 말했다.

"어차피 고향에 기다리는 사람도 없어요. 우리 엄마는 몇 년 전에 돌아가셨거든요. 그냥 여기서 누군가에게 밥이라도 해주는 게 좋을 것 같아요. 음식 장사해서 먹고사는 것도 엄마 덕분이에요. 우리 엄마 손도 컸지만 요리 실력이 끝내줬거든요."

나는 아줌마가 만들어준 수제비를 숟가락으로 떠서 입에 넣으며 아줌마의 어머니는 어떤 분이었을까 상상했다. 동네 아이들을 불러 모아 커다란 들통에 멸치육수를 만들고 밀가루를 반죽해 수제비를 만들어 먹이는 중년 여성의 모습이 언뜻 눈앞을 스쳐 지나갔다.

가스검침원의 방문

        이사한 지 얼마 안 되었을 때 한 통의 전화를 받았다. 전에 살던 동네의 가스검침원 이었다. 나는 가스검침 때문에 집 앞에 와 있다는 그녀에게 지금은 다른 동네로 이사 왔고 그 집에는 다른 사람이 살 거라고 말했다. 그녀는 건강하게 잘 지내라고 덕담을 건넨 뒤 전화를 끊었다. 그러고 보니 그 집에 사는 동안 집에 들어온 사람은 가족을 제외하고는 그녀를 포함해 단 두 명이었다. 그 집에 사는 동안 나는 사람을 집에 초대한 기억이 거의 없었다. 바쁜 탓에 집 안을 깨끗이 정리하지 못해서 가급적 남들에게 내가 사는 모습을 보이고 싶지 않았다. 그래서 하필 집 안이 어질러져 있을 때 검침원이 방문하면 더욱 기분이 좋지 않았다. 다행히 검침원은 내 마음을 잘 안다는 듯이 집 안이 지저분해도 절대 내색하는 법이 없었다.

　며칠 전, 새로운 동네로 이사한 이후 처음으로 가스검침원이 집에 방문했다. 명절 연휴가 시작되기 바로 전날이었다. 현관문을 열자 50대 여자 검침원이 문 앞에 서 있었다. 나는 허둥지둥 방에 강아지를 가두고 다시 문을 열었다. 하지만 방에 가둬놓은 강아지가 방문을 밀고 뛰쳐나와 검침원의 다리에 매달려 꼬리를 흔들고 검침원의 손을 핥았다. 죄송하다고 했더니 검침원은 강아지의 머리를 쓰다듬으며 자신도 개를 기른다며 괜찮다고 했다. 그 순간 보일러가 있는 곳으로 통하는 문 앞에 짐을 잔뜩 쌓아놓았다는 것을 깨달았다. 검침원은 웃으며 짐을 치운 후 명절 이후로 전화를 달라고, 자신은 늘 근처에 있으니 언제든 부르면 달려오겠다고 했다. 그녀는 자신의 핸드폰 번호를 적어준 다음 추석 잘 지내라고 말하며 밖으로 나갔다. 언제든 부르면 달려온다니. 그 말에서 새삼 그녀의 노고가 느껴졌다. 그녀는 얼마나 많은 집에 방문하는 걸까. 가만히 앉아서 일하는 것도 아니고 걸으면서 일하니 얼마나 다리가 아플까. 누군가의 집에 방문하지 않는 시간에는 어디에 머물까. 화장실 문제는 어떻게 해결할까. 그동안은 해보지 않았던 생각이 꼬리에 꼬리를 물었다.

명절 연휴가 끝나고 검침원에게 전화할 때는 미리 집을 깨끗이 청소한 다음 검침원을 맞아야겠다는 생각이 들었다. 나에게는 집이지만 그녀에겐 일터가 아닌가.

길에서 마주친 사람들

늦은 밤, 개가 집을 나갔다. 남편과 나는 서로 다른 방향으로 흩어져 개를 찾았다. 나는 집 근처 편의점 문을 열고 들어가 편의점 아르바이트생에게 혹시 지나가는 개를 보지 못했느냐고 물었다. 그녀는 손가락으로 한쪽을 가리키며 말했다.

"누런 개요? 봤어요. 저쪽으로 가던데요."

나는 그녀가 가리킨 쪽으로 달리며 큰 소리로 개의 이름을 불렀다. 개는 보이지 않았고 가게 앞에서 담배를 피우는 세 명의 청년들이 눈에 들어왔다. 나는 그들에게 누런 개를 보지 못했느냐고 물었다. 그중 한 명이 손가락으로 사거리 쪽을 가리키며 저쪽으로 갔다고 말했다. 나는 고맙다고 말한 뒤 또

달렸다.

사거리에 다다르자 횡단보도 건너편에 서 있는 우리 집 개, 초코가 보였다. 젊은 부부가 초코의 머리를 쓰다듬고 있었다. 나는 큰 소리로 초코를 불렀다. 그때 빨간불이 켜졌고 달려오던 자동차는 길을 건너는 개를 위해 잠시 멈춰 기다려주었다. 초코가 잽싸게 달려와 주인의 품에 안겼다. 초록불이 켜지자 젊은 부부는 횡단보도를 건너 나에게 다가와 개 주인이냐고 물었다. 내가 그렇다고 하자 그들은 개가 헤매고 다닌 것 같다면서 차에 치일까 봐 개를 붙들고 있었다고 했다.

그들이 떠난 뒤 나는 크게 한숨을 내쉬었다. 목줄이 없어서 어떻게 집까지 데려갈 수 있을지 막막했다. 나는 개의 목에 걸어놓은 목걸이를 손으로 잡은 채로 남편에게 전화해서 개를 찾았다고 말했다. 남편은 내가 있는 곳으로 달려와 개를 들어 올려 품에 안고 집 쪽으로 이동했다.

아까 만난 청년들이 개를 보며 말했다.

"너 혼자서 나오면 안 돼."

나는 그들에게 고맙다고 인사한 뒤 편의점으로 들어갔다. 편의점 아르바이트생이 "개 찾으셨네요." 하며 함께 기뻐해주었다. 나는 그녀에게 혹시 기다란 끈을 빌릴 수 있는지 물었다. 그녀는 잠시 기다리라고 하더니 안에서 노끈을 들고 나왔다. 노끈을 목걸이에 연결하자 쉽게 개를 집으로 데려올 수 있었다.

집에 들어서 문을 잠그고 나니 오늘 길에서 마주친 사람들이 천천히 떠올랐다. 그중 한 명이라도 만나지 못했더라면 오늘 개를 찾지 못했을 거라는 생각이 들었다.

택시 운전사

북토크를 하기 위해 인천의 한 서점으로 향하는 길이었다. 길치인 탓에 지하철역 출구로 나오자마자 택시에 올라탔다. 역에서 가까운 거리였지만 헤매다가 늦는 불상사를 막기 위해서였다. 내비게이션에 주소를 찍고 가자고 하자 택시 운전사는 느린 손놀림으로 기계를 이리저리 눌러보더니 내비게이션이 고장 난 것 같다고 했다. 내가 보기에 내비게이션이 고장 난 것이 아니라 기계 작동법을 잘 모르는 것 같았다. 게다가 그는 나만큼이나 길치인 것 같았다. 나는 길눈이 어두운 사람이 택시 운전을 한다는 게 이해가 가지 않았다. 그는 연신 죄송하다고 말했다. 갑자기 해고를 당해서 택시 운전을 시작한 지 얼마 안 되었다면서 아무래도 이 일은 자신에게 맞지 않는 것 같다고 했다. 이게 택시 운전사가 손님에게 할 소리란 말인가. 다급한 마음에 조금씩 짜증이 밀려왔다.

시간이 10분밖에 남지 않았으므로 나는 그냥 아무 데나 내려달라고 했다. 하지만 그는 나를 바로 내려주지 않았다. 헤매며 다니다가 아마 여기일 거라고 말하면서 길가에 차를 댔다. 그러나 그곳은 내가 가려던 곳이 아니었고 나는 행인을 붙들고 길을 물어야 했다. 무리 지어 가던 학생들은 모르겠다고 했고 길을 가던 아주머니도 들어본 적이 없는 서점이라고 했다. 택시비를 지불했는데 지각을 하게 생겼다니 아무래도 오늘은 재수가 없는 것 같았다.

그때였다. 누군가 뒤에서 큰 소리로 "저기요." 하고 나를 불렀다. 이미 떠난 줄 알았던 그 택시 운전사였다. 택시 안에서 그가 손가락으로 한 건물을 가리키며 말했다.

"저 건물이래요. 4층!"

마음에 걸렸는지 그가 나를 쫓아온 모양이었다.

나는 고맙다는 말도 제대로 하지 못하고 그 건물로 뛰어 올라갔다. 덕분에 늦지 않고 도착할 수 있었다.

행사를 무사히 마치고 서점에서 걸어 내려오는데 아까 만난 택시 운전사 생각이 났다. 길눈도 어둡고 기계 작동에도 능숙지 않은데 택시 운전을 시작한 그에게도 사연이 있을 것이다. 그가 어서 자신의 길을 찾았으면 좋겠다고 생각했다. 길치 두 사람이 택시 안에서 만나 잠시 헤맸지만 목적지를 제대로 찾은 것처럼.

상인들의 가을

.

카페 문을 열고 들어가려는데 가게 앞에 널어놓은 커피찌꺼기 냄새가 기분 좋게 번졌다. 필요한 분 가져가시라고 적힌 종이가 붙어 있었고 모여든 행인들이 옆에 놓인 일회용 플라스틱 컵에 커피찌꺼기를 담고 있었다. 그걸 어디에 쓰느냐고 묻자 한 할머니가 이걸 냉장고에 넣으면 냄새가 나지 않는다고 했다. 할머니는 내 것도 한 통 담아 손에 들려주었다. 나는 그것을 손에 들고 카페 안으로 들어가 아메리카노를 주문했다. 카페 주인이 말했다.

"뜨거운 걸로 드릴까요? 찬 걸로 드릴까요? 이번 주부터 아이스 아메리카노보다 뜨거운 아메리카노

주문이 더 많이 들어와서요."

매장을 둘러보니 정말로 대부분의 손님이 빨대가 꽂히고 얼음이 든 머그컵이 아니라 뜨거운 김이 피어오르는 머그컵을 손에 들고 있었다.

"그럼 저도 뜨거운 걸로 주세요."

카페 주인이 웃으며 말했다.

"1년 내내 이 안에 있으니까 어느 날 갑자기 아이스커피가 아니라 뜨거운 커피 주문이 우수수 들어오면 이제 완연한 가을이구나 해요."

올가을, 처음으로 마시는 뜨거운 커피였다.

카페에서 나와 이런저런 가게를 둘러보며 상인들이 완연한 가을을 실감하는 때는 제각기 다를 것이라는 생각을 했다. 나는 어렸을 때 옷 장사를 한 엄마 덕분에 가게에 가을색 옷이 수북이 쌓이면 이제 정말 가을이구나 했다. 나에게 가을은 향보다는 색과 촉감으로 먼저 다가왔다. 가을이면 옷가게를 가득 메우는 카키색, 낙타색, 와인색, 갈색과 같은 색깔이 내가 생각하는 가을색이었다. 까슬까슬한 마 소재의 치마와 바지, 시원한 민소매 티셔츠와 같은 여름옷을 내리고 아크릴, 울, 스웨이드 소재의 가을색 카디건, 니트 티를 매장 벽에 걸면 새로운 기분이 들었다.

엄마를 도와 몇 벌의 옷을 마네킹에게 입히고 남은 것은 종류별로 나란히 쌓아 올린 뒤 엄마가 타준 인스턴트커피를 마시면 그제야 비로소 이제 완연한 가을이라는 것을 실감했다. 다른 계절로 들어왔다는 것을 그제야 온몸으로 실감할 수 있었다.

오잎클로버

10월의 첫째 날 엄마가 가족단톡방에 사진을 올렸다. 여러 개의 네잎클로버가 벤치 위에 놓여 있는 사진이었다.

엄마는 일터에서 점심식사를 하고 벤치에 앉아 잠시 쉬는 중에 무심코 발밑을 내려다봤다가 네잎클로버를 하나 발견했다. 알고 보니 한 개가 아니었다. 한 개를 따면 그 옆에 하나가 더 있었고 그것을 따면 옆에 한 장이 더 보였다. 황금이라도 발견했다는 듯이 빠른 속도로 네잎클로버를 따서 벤치 위에 늘어놓고 세어 보니 무려 열일곱 개였다. 엄마는 그것들을 작은 책자에 끼워 집에 들고 오면서 가족들을 떠올렸다. 아들, 딸, 사위, 며느리 모두에게 좋은 일이 생길 거라고 생각하며 기뻐했다.

엄마는 며칠 전부터 한 아파트에서 청소 일을 시작했다. 그 넓은 아파트단지에서 열일곱 개의 네잎클로버를 찾은 사람이 다름 아닌 엄마라니. 그 말은 어쩌면 그 넓은 아파트단지에서 희망이 필요한 사람이 바로 엄마라는 뜻일 것이다.

엄마는 이번에는 가족단톡방이 아니라 내 카카오톡으로 한 장의 사진을 더 보냈다.
— 잘 봐. 이건 오잎클로버야. 자세히 보니까 한 개는 잎이 네 개가 아니라 다섯 개더라.
나는 사진을 제대로 들여다보지도 않고 엄마에게 이렇게 문자를 보냈다.
— 엄마 나 지금 사람 만나. 바쁘니까 이런 것 좀 보내지 마. 문자 오는 소리 크게 난단 말이야.

그날 일을 마친 뒤 나는 엄마가 보낸 사진을 클릭해서 확대했다. 정말로 잎이 다섯 개 달린 오잎클로버였다. 그러고 보니 엄마는 네잎클로버를 잘 찾았다. 수년 전에도 엄마는 일곱 개의 네잎클로버를 찾았다면서 좋은 일이 있을 거라고 귀띔해주었는데 오래지 않아 집안에 좋은 소식이 날아들었다. 그때만 해도 네잎클로버 덕분이라고 생각하지 않았는데 이번에는 나도 모르게 기대를 하게 되었다. 더구나 오잎클로버라니. 나는 엄마에겐 관심 없다는 듯이 말했지만 내심 들뜬 마음으로 요 며칠간 행운을 기다렸던 것도 같다. 오잎클로버가 정말로 행운을 가져다줄지는 알 수 없다. 하지만 때때로 사람은 작은 희망으로 삶을 이어가는 존재가 아니던가. 나는 희망을 간직한 엄마의 오잎클로버를 한참 동안 바라보았다.

마음의 상태

        2년 전 집에서 가까운 도서관에서 정리 수납 강좌를 들었다. 수강생은 대부분 여성이었지만 4, 50대로 보이는 보이는 남성이 두 명 있었고 70대 노신사도 있었다. 첫 수업 날 번갈아 자기소개를 하고 이 수업을 신청한 이유를 말했다. 대부분은 어려서부터 정리를 잘하지 못해서 수업을 들으러 왔다고 했고 수납 전문가 자격증을 따서 수납 전문가로 활동하고 싶다는 사람도 있었다. 노신사의 말이 인상에 남았다. 그는 아내를 돕고 싶은데 어떻게 청소를 해야 하는지 도무지 알 수가 없어서 배우기 위해 왔다고 했다. 그는 태어나서 단 한 번도 청소를 해본 적이 없다고 솔직히 시인했다. 그의 아내는 뇌졸중으로 입원했고 곧 퇴원하는데 아내에게 깨끗이 정리한 집을 보여주고 싶다고 했다. 또한 앞으로는 자신이 청소를 전담해야 할 테니 진지하게 정리 정돈에 대해 배워보고 싶다고 했다.

첫 번째 수업 시간에 선생님은 과제를 내주었는데 집에 가서 정리되지 않은 상태의 집을 찍어오라고 했다. 대부분의 집이 지저분했지만 노신사의 집은 심각했다. 오래도록 청소를 하지 않은 것 같았다. 이후로 선생님은 정리하기를 과제로 내줬다. 어떤 날은 신발장의 정리 전후 사진을, 어떤 날은 부엌 찬장의 정리 전후 사진을 찍어서 오라고 했다. 노신사는 그 학기 최고의 모범생이었다. 건성으로 숙제를 하는 나 같은 학생이 창피할 정도로 그는 수업에서 배운 정리 정돈, 수납 방법을 적용해 청소를 한 다음 사진을 찍어왔다. 학생들은 그가 찍어온 사진을 들여다보며 감탄을 했다. 그의 집은 호텔이라고 해도 믿을 정도로 깔끔히 정리되어 있었다.

선생님은 집의 정리 상태는 마음의 상태라면서

집이 지저분하다면 마음이 복잡하지 않은지 생각해볼 필요가 있다고 했다. 그 말에 나도 한동안 집 청소에 열을 올렸다. 하지만 열흘도 되기 전에 집은 다시 지저분해졌고 선생님이 말한 '정리한 그대로의 상태'로 늘 유지하는 것은 힘들었다.

마지막 날, 노신사는 웬일로 숙제를 하지 못했다고 했다. 아내의 상태가 갑자기 나빠져서 정리할 마음이 나지 않았다고. 나는 그가 찍어온 사진을 들여다봤다. 그의 집은 들짐승의 습격이라도 받은 듯이 어질러져 있었다.

쓰레기 낭독회

북카페에서 열리는 시 낭독회에 초대받았다. 낭독회 제목은 '쓰레기 낭독회'였다. 재미있게도 낭독회 입장료는 '손바닥만 한 작은 쓰레기'라고 했다. 정작 쓰레기를 고르려니 무얼 골라야 할지 알 수 없었다. 너무 적어서가 아니라 너무 많아서였다. 책상 위에 놓인 영수증과 껌 종이가 보였다. 그것들을 주머니에 넣는 중에 또 다른 쓰레기가 눈에 들어왔다. 며칠 전 약국에서 지어온 감기약이었다. 감기가 다 나았으므로 그것 역시 버려야 할 쓰레기였다. 유통기한이 지난 영양제도, 한쪽만 남은 귀고리도 모두 쓰레기라고 할 수 있었다. 사놓고 입지 않은 옷도, 2년간 딱 한 번 바른 립스틱도 겉으로는 멀쩡해 보이지만 쓰레기였다.

　옷을 챙겨 입고 신발을 구겨 신은 다음 집 밖으로 나섰다. 신발을 제대로 신으려고 집 앞 전봇대에 오른손을 대고 왼쪽 다리를 뒤로 들어 구겨 신은 신발 뒤축을 매만지는데 바닥에 떨어진 10원짜리 동전이 눈에 들어왔다. 사실 어제도 그 동전을 봤다. 그때는 두 개였는데 하나밖에 남지 않았다. 누군가 다른 하나를 집어 갔다기보다는 바람에 의해 동전이 다른 곳으로 휩쓸려 간 것 같았다. 나는 고개를 숙여 그 동전을 주웠다. 낭독회에서 쓰레기를 가져오라고 하지 않았다면 그 동전을 줍지 않았을 것이다. 쓰레기 낭독회 입장료로 이만한 것이 없다는 생각이 들었다. 이 작은 10원짜리 동전은 분명 10원의 가치가 있는 물건이었지만 사용하기 곤란하다는 점에서 골칫거리였다. 자판기에도 이 동전은 넣을 수 없었고 슈퍼 같은 데서 사용하기에도 눈치가 보였다. 며칠 전 슈퍼에서 구입한 물건을 카드로 계산한 다음 비닐봉지값만 따로 10원짜리로 건넸는데 슈퍼 주인은 10원짜리를 줄 거면 봉투를 그냥 가져가라고 했다.

　낭독회 참석자들이 가져온 쓰레기는 다양했다.
USB, 인공눈물, 껍질을 벗기지 않은 사탕, 요구르
트가 담겼던 용기…… 모두 더 이상 쓸모가 없어져
버리기 전까지는 쓰레기가 아닌, 어떻게든 사용할
수 있는 물건이었다. 시의 의미도, 시를 읽는 즐거움
도 모르는 사람에겐 시도 쓰레기에 불과할 것이다.
돌아오는 길에 결국 쓰레기를 줄이는 방법은 무언
가에 의미를 부여하는 것이 아닐까 생각했다.

4장

겨울

어쨌거나 뱅쇼는 완성되었다

시루떡 언니

떡집을 지나다가 시루떡을 샀다. 떡에 코를 갖다 댄 순간, 오래전 그곳으로 이동했다. 침대와 책상 하나만 놓인, 겨우 몸만 누일 수 있었던 방. 나는 오래전 작고 좁은 고시원 방에서 겨울을 났다. 당시 나는 많은 고시원을 전전했지만 그곳은 유독 기억에 남는 곳이었다. 사람이 정말 사는 건가 싶게 조용했고 거주민들끼리 어쩌다가 마주쳐도 서로 인사를 하지 않았다. 나는 복도에 누군가 다니는 소리가 들리면 그 사람과 마주치지 않으려고 밖으로 나가지 않았다. 외풍도 심하고 공기도 탁해서 아무래도 이곳에서는 오래 살지 못하겠다 싶었다. 겨울만 지나면 바로 거처를 옮겨야겠다고 생각했다.

그렇게 생각하니 더 무서웠고 가끔씩 복도에서 마주치는 사람들이 더욱 인정머리가 없어 보였다.

감기에 걸려 자리에 누워 있던 날, 누군가 문을 두드렸다. 나는 겁이 나서 문을 살짝 열었다. 옆방에 사는 사람이 서 있었다. 그녀는 유일하게 눈인사를 몇 번 한 사람으로 나보다 서너 살 많아 보였다. 그녀가 은박지에 싼 무언가를 내밀며 말했다.

"시루떡 좀 먹을래요? 입동이잖아요."

입동에 시루떡을 먹는다는 것을 나는 처음 알았다. 내가 머뭇거리자 그녀가 방 안으로 떡을 밀어 넣었다.

"어렸을 때 매해 엄마가 시루떡을 만들어줬거든요. 그냥 넘어가려니 섭섭해서 사 왔어요. 혼자 먹기엔 많아요."

은박지에 쌓인 떡은 아직 따끈했다.

그녀가 자기 방으로 간 뒤 나는 시루떡을 한 입 베어 먹었다. 고소한 팥시루떡이 혀에 부드럽게 감겼다. 그날 이후로 나는 그녀와 복도에서 우연히 마주치길 바랐지만 출근길에 서둘러 나가는 그녀의 뒷모습을 몇 번 보았을 뿐 대화를 나눌 기회는 얻지 못했다. 그녀는 늘 아침 일찍 나가서 늦은 밤에 들어왔다.

신기하게도 시루떡을 얻어먹은 이후로 늦은 밤마다 마주하는 고시원의 어두컴컴한 복도가 예전처럼 무섭게 보이지 않았다. 옆방에 시루떡처럼 따뜻한 마음을 가진 사람이 산다는 것이 작은 위안이 되었던 걸까.

그곳에서 나오는 날까지 시루떡을 나눠준 옆방 여자의 이름을 알아내지 못했다. 시루떡 언니. 그녀는 내게 그런 이름으로 남아 있다. 따뜻한 온기와 고소한 맛과 함께.

수능 한파

         그날 오후, 약속이 있어 집 밖으로 나섰다. 2년 만에 찾아온 수능 한파라더니 바람이 매서웠다. 문득 오래전 수능시험을 치르기 위해 집 밖을 나서던 날이 떠올랐다. 손난로를 주머니에 넣고 만지작거리던 감촉이 손에 생생히 잡히는 것 같았다. 시계를 보니 수능시험이 이미 끝났을 시간이었다. 번화가에 들어서자 시험 이야기를 하며 걸어가는 수험생이 여럿 보였다. 약속 장소인 카페로 들어가 친구를 기다리는데 옆 테이블에 앉아 있는 세 명의 여학생이 눈에 들어왔다. 한눈에도 수험생들로 보였다. 모두 표정이 좋지 않았고 한 학생은 울고 있었다. 시험이 어려웠던 모양이다. 그 학생은 죽고 싶다고 몇 번이나 말했다. 기억을 더듬어보니 수학능력시험을 봤던 날 나도 저 학생들과 크게 다르지 않았다. 시험을 망쳐서 세상이 끝난 기분이었다. 고등학교 3년 동안 좋은 대학에 가야 한다는 소리를 하도 많이 듣다 보니 수능시험을 망치면 앞으로의 인생도 녹록지 않을 것이라고 단정했다.

친구와 헤어진 뒤 편의점에 들렀다. 편의점 주인은 술과 담배를 사려는 대여섯 명의 학생들과 실랑이를 벌이고 있었다. 그는 학생들에게 이번에 시험을 본 학생들이 아니냐며 신분증을 보여달라고 했다. 학생들은 자신들은 수험생이 아니라면서 집에 가서 신분증을 가져오겠다고 말한 뒤 밖으로 나갔다. 겉모습만 봐서는 그들이 미성년자인지 아닌지 알 길이 없었다. 그들이 밖으로 나가자 편의점 주인은 계산하려고 줄을 선 손님들에게 기다리게 해서 미안하다면서 수능시험일에는 술, 담배를 사려는 미성년자들이 많기 때문에 신분증 확인을 더욱 철저하게 해야 한다고 말했다.

편의점 밖으로 나가자 또다시 찬바람이 옷깃으로 스며들었다. 신분증을 가져오겠다고 말한 학생들은 편의점 앞에서 대화를 나누고 있었다. 찬바람을 맞자 오래전 수능시험 치르던 날과 그날의 기분이 더욱 생생히 떠올랐다. 추운 날씨 때문에 시험을 망쳤다는 사실이 더욱 슬프고 절망적으로 다가왔던 날. 그래서 어른처럼 술 한잔 하고 싶었던 날.

셔터 앞

양손 가득 장을 봐 오는 길에 편의점에 들렀다. 빼먹은 것이 있었다. 편의점에서 물건을 사서 나와 집으로 오는 길에 흔히 '야쿠르트 아줌마'라 불리는 프레시 매니저를 만났다. 최근에 명칭이 변경되었지만 초등학교에 들어가기 전부터 아파트 복도에서 야쿠르트 아줌마를 기다렸던 내게는 아직 야쿠르트 아줌마라는 말이 익숙하다. 야쿠르트 아줌마는 야쿠르트만 파는 것이 아니었다. 냉장 카트 안에는 야쿠르트 말고도 다양한 종류의 음료가 있었다. 나는 야채주스를 골라 계산하는 중에 편의점에 무언가를 놓고 왔다는 것을 깨달았다.

"어머, 제가 편의점에 짐을 두고 왔어요. 요즘 정

신이 없네요."

　내가 뒤돌아 편의점으로 가려 하자 그녀는 짐을
두고 가라고, 자신이 맡아주겠다고 했다. 나는 짐을
그녀의 전동카트 옆에 두고서 편의점에 갔다가 돌
아왔다. 그런데 그사이 전동카트가 사라졌다. 나는
두리번거리며 아줌마를 찾았다. 저 멀리서 나를 부
르는 야쿠르트 아줌마가 보였다. 나는 그녀에게 다
가가 왜 이리로 옮겨 오셨느냐고 물었다. 아줌마는
식당 아저씨가 거기서 장사하지 말라고 했다면서
여기서 하면 된다고 했다. 아줌마가 서 있는 곳은 문
을 닫은 점포 앞이었는데 내려진 셔터에는 '휴무'라
고 적혀 있었다.

　생각해보니 자신의 영업장 앞에서 야쿠르트 아
줌마가 장사하는 것을 좋아하는 사장은 드물 것 같
았다. 매일 이 시간에 여기 계시는 거냐고 묻자 아줌
마는 고개를 갸웃하며 말했다.

　"아마 이 근방에 있을 거예요. 오전에는 배달하
고 하루에도 몇 번씩 옮겨 다녀서 어디 있다고 딱 집
어서 말할 순 없어요. 못 찾으면 셔터 내린 가게가

있나 돌아봐요. 셔터 앞에 있을 테니까."

내가 가려고 하자 아줌마는 화장실에 다녀올 테
니 잠시 전동카트를 봐달라고 부탁했다. 나는 그러
겠다고 했다. 아줌마가 내 짐을 봐주시지 않았던가.
아줌마가 화장실에 간 짧은 시간에도 손님이 몇 명
다녀갔다. 나는 내가 구입한 음료인 야채주스를 하
나 팔았다. 다른 제품의 가격은 알지 못했으므로 더
는 팔지 못했다.

전동카트로 돌아온 아줌마는 전에 급하게 화장
실에 다녀온 사이 누군가 음료를 훔쳐 갔다면서 고
맙다고 말했다. 서로의 편의를 봐주었던 거지만 아
줌마는 내게 야쿠르트를 하나 건네주었다. 나는 그
것을 받아 마시며 야쿠르트값을 갚는다는 것을 핑
계 삼아 다음에 한 번 더 아줌마의 전동카트를 봐드
려야겠다고 생각했다.

한낮의 난임 병원

　　　　　　　자궁난관조영술을 하기 위해 난
임 병원을 방문했다. 낮시간인데도 1층 대기실에 사
람이 많았다. 2층도 마찬가지였다. 2층 대기실을 가
득 메운 여자들은 대부분 스마트폰을 들여다보고
있었다. 회사에서 일하다 왔는지 정장 차림인 여자
도 여럿이었다. 나란히 앉아 있는 부부도 있었는데
양복 차림의 남편은 회사에서 잠시 시간을 내서 방
문한 것처럼 보였다. 의자에 앉아 눈물을 흘리는 여
자가 보였다. 검진 결과가 좋지 않았던 모양이다. 나
는 앉을 곳이 없어서 선 채로 순서를 기다렸다. 이름
이 호명된 후 간호사의 안내로 엘리베이터를 타고
위층으로 올라가 네 명의 여자들과 함께 순번을 기

다렸다. 자궁난관조영술 촬영은 아프다는 말을 들었기 때문에 잔뜩 겁을 집어먹은 상태였다. 나는 옆에 앉은 사람에게 말을 건넸다.

"진통제 먹고 오셨어요? 엄청 아프다던데."

나처럼 인터넷 검색을 하고 왔는지 그녀도 진통제를 먹고 왔다고 했다.

오른쪽에 앉은 여자는 놀라며 진통제를 먹어야 하느냐고, 몰랐다고 말했다. 왼쪽에 앉은 여자가 X-ray실에 들어가 있는 동안 나는 가슴을 졸였다. 밖으로 나온 그녀의 표정이 어둡지 않은 것을 확인한 다음에야 마음을 놓을 수 있었다.

촬영을 마치고 1층으로 내려가 수납을 마친 다음 화장실에 들렀다. 안쪽 칸 안에서 누군가 전화 통화를 하고 있었다.

"집에 일이 생겼다 하고 반차 내고 주사 맞으러 왔어. 다시 들어가봐야 해. 오늘은 회사가 한가한 편이었는데 다음에는 어떻게 빠져나올지 모르겠어. 몇 번 더 맞아야 하는데."

아마도 그녀는 시험관 시술을 위해 주사를 맞아

야 하는 모양이었고 난임 병원에 다니는 것을 회사에
굳이 알리고 싶지 않은 모양이었다. 그녀가 화장실에
서 나와 손을 씻는 중에 핸드폰 벨소리가 울렸다.

"지금 들어가는 중이에요."

그녀는 핸드폰을 귀에 댄 채로 성급히 화장실 밖
으로 나갔다. 그 주사를 맞으면 굉장히 몸이 힘들다
던데 그녀는 잠시 휴식을 취하지도 못하고 회사로
가야 하는 모양이었다.

화장실 밖으로 나오자 1층 대기실 의자에 앉아
있는 여자가 전화 통화하는 소리가 들려왔다. 그녀
는 기쁨을 감추지 못하고 누군가에게 임신했다는
소식을 전하고 있었다. 희비가 교차하는 한낮의 난
임 병원 풍경이었다.

그녀가 잠든 사이

　　　　　매주 정해진 요일과 시간에 같은 카페에 나가다 보니 자주 만나게 되는 사람이 있다. 앳되어 보이는 얼굴의 그녀는 주말마다 네다섯 살 난 아들을 데리고 카페에 온다. 엄마는 책을 봤고 아이는 스마트폰이나 동화책을 들여다봤다. 서로 말을 거의 나누지 않고 두세 시간 앉아 있는 그들을 나는 눈여겨보았다. 엄마는 그렇다 치고 어린아이가 한자리에 의젓하게 앉아 있는 것이 신기했다. 그녀가 한국 사람이 아니라는 것은 금세 알 수 있었다. 아이와 엄마는 종종 한국어 교재를 펼쳐놓고 카페에서 함께 공부를 했기 때문이다. 아이가 엄마보다 오히려 한국어를 잘하는 것 같았다. 아이는 엄마가 화장실에라도 가면 스스럼없이 옆 테이블에 앉은 사람들에게 말을 걸었다.

어제는 웬일로 아이 엄마가 테이블에 엎드려 오래도록 잠을 잤다. 간밤에 잠을 제대로 못 잤는지 30분이 흘렀는데도 테이블 위에 엎드린 채로 깨어나지 않았다. 핸드폰 진동이 몇 번이나 울렸지만 그녀는 단잠을 잤다. 그동안 아이는 온 카페를 휘젓고 다니며 사람들과 대화를 나눴다. 아이는 사교성이 뛰어났다. 이 테이블 저 테이블을 옮겨 다니며 마치 오랫동안 알고 지낸 사이처럼 사람들에게 말을 걸었다. 아이는 공부하는 학생들에게 다가가 과자를 얻어먹고 고개 숙여 감사하다고 말했다. 엄마와 나란히 앉은 또래 여자아이에게 다가가 여자아이가 갖고 놀던 장난감을 함께 갖고 놀았다. 아이는 내게도 와서 말을 걸었다. 아이의 행동과 말투가 사랑스러워서 나도 아이가 하는 말에 장단을 맞춰주었다. 아이는 무려 일곱 개의 테이블을 돌며 놀았다.

그러다가 문득 아이가 엄마를 돌아보았다. 엄마

가 뒤척이는 것을 본 아이는 잽싸게 달려와 다시 엄마 앞에 앉더니 책을 들여다보는 시늉을 했다. 잠시 뒤 엄마가 고개를 들며 눈을 비볐다. 엄마가 아이에게 말했다.

"엄마 얼마나 잤어? 두 시간이나 지났잖아. 왜 안 깨웠어?"

엄마는 옷매무새를 가다듬고 머리를 다시 묶은 다음 아이 손을 잡고 카페 출입문을 향해 걸어갔다. 아이는 뒤를 돌아 카페 안의 사람들에게 손을 흔들었다. 카페 안의 사람들도 아이에게 손을 흔들어주었다.

감기

　　　　　　감기몸살로 자리에 누워 있을
때 친구가 전화를 걸어왔다. 친구는 근처로 외근을
나왔다면서 한가하면 10분이라도 커피를 마시자고
했다. 나는 당장 뛰어나가고 싶었지만 갑자기 감기
에 걸려서 나가기 힘들다고 답했다. 수년간 감기에
걸리지 않았는데 하필 오늘 걸리다니. 전화를 끊고
다시 자리에 누워 잠이 들려는 순간 또다시 전화벨
이 울렸다. 친구는 우리 집 앞이라면서 감기약만 전
해주고 갈 테니 잠깐 문을 열어보라고 했다. 문을 열
자 롱패딩을 입은 친구가 서 있었다. 마지막에 만났
을 때 단발머리였는데 친구의 머리카락은 길게 자
라 있었다. 이 집으로 이사 왔을 때 집들이 삼아 방

문한 이후로 처음이니 1년 만의 만남인 셈이었다. 감기약만 전해주고 가겠다고 한 친구의 양손에는 봉투가 잔뜩 들려 있었다. 전복죽과 귤 한 봉지, 붕어빵, 오뎅. 모두 내가 좋아하는 음식이었다.

"기억 안 나? 옛날에 네가 내 자취방으로 감기약 사다줬잖아."

오래전 일이라 기억나지 않았다. 하지만 내가 '고뿔'이란 별명을 지어주었을 정도로 친구가 감기에 자주 걸렸던 건 기억났다. 친구에게 감기를 옮아 같이 앓은 적도 있었다. 잠시 들어와 차라도 마시고 가라고 했지만 친구는 회사에 빨리 들어가봐야 한다면서 양손에 든 것을 우리 집 현관문 안에 놓아주고 돌아갔다.

친구가 사다 준 따끈한 죽을 먹고 감기약을 입에 털어 넣은 뒤 다시 자리에 누웠다. 감기약 때문인지 정신이 몽롱해지면서 책상과 매트리스, 그리고 비키니옷장이 놓여 있던 친구의 자취방이 떠올랐다.

우리는 오래전 같은 동네에 살았다. 둘 다 첫 직

장을 얻은 시기였고 처음으로 집에서 나와 독립한 참이었다. 그토록 원했던 독립이었는데 사람의 온기가 필요했던 걸까. 사는 곳도 직장의 위치도 가까웠으므로 우리는 일주일에 두 번은 퇴근 후 만나 주전부리를 잔뜩 사서 친구 방이나 내 방으로 들어가 밤늦게까지 이야기하다가 헤어지곤 했다. 우리는 서로 감기만 옮긴 게 아니었다. 음악, 책, 영화⋯⋯ 어느 것이건 한쪽이 좋아하면 금세 다른 한쪽도 좋아하게 되었다. 기억의 서랍을 연 것처럼 오래전 기억들이 하나둘 떠올랐다. 불청객처럼 찾아온 감기가 전해준 뜻밖의 선물이었다.

신춘문예 당선 통보를 받던 날

2013년 겨울 나는 프랜차이즈 피자 콜센터에서 일하고 있었다. 그날은 아침부터 기분이 좋지 않았다. 크리스마스를 앞두고 있어서 전화가 평소보다 많이 쏟아졌고 덩달아 블랙컨슈머도 많았다. 사실 나는 시간당 십수 통의 피자 주문 전화를 받으면서 단 한 통의 전화를 기다리고 있었다. 오늘도 전화가 오지 않으면 이번에도 떨어진 것이리라. 100명이 넘는 상담사들의 목소리 때문에 전화벨이 울려도 들리지 않을 것이므로 핸드폰을 진동으로 바꾸어 책상에 올려놓았다.

기다리는 전화는 오지 않았고 블랙컨슈머의 막

말 전화만 쏟아졌다. 어떤 고객은 이제는 익숙해져서 놀랄 것도 없는 말을 내 귀에 쏟아부었다.

"평생 콜센터에서 일해라."

기분이 안 좋은 이유는 또 있었다. 지난주 나를 집요하게 괴롭혔던 블랙컨슈머로부터 또다시 전화가 걸려온 것이다. 그 사람은 실장에게 전화해 나를 진짜로 해고했는지 확인했다. 실장은 그녀에게 나를 해고했다고 말했다면서 오늘부터는 전화 받을 때 김의경이라는 이름을 쓰면 안 된다고 했다. 당황스러웠다. 내 이름을 쓰면 안 된다니, 그럼 무슨 이름으로 전화를 받아야 하지?

"상담사 ○○○입니다."

나는 그 시간 이후로 내 이름이 아닌 다른 이름으로 전화를 받았다. 시간이 지날수록 불쾌감이 커졌다. 그 사람은 대체 왜 그러는 걸까. 나를 그토록 괴롭혔으면 됐지 왜 확인사살까지 하려는 걸까. 새삼 내가 하고 있는 일에 대한 회의감이 밀려들었다. 당장 집으로 돌아가 따뜻한 이불 속에 발을 넣고 쉬고 싶었지만 퇴근까지는 아직 시간이 많이 남아 있었다.

그 순간이었다, 낯선 번호가 핸드폰 액정화면에 떠오른 것은. 나는 몸을 숙여 건물 밖으로 나가 전화를 받았다. 10년 동안 기다렸던 신춘문예 당선 통보였다.

오래 자리를 비울 수 없어서 마음껏 기뻐할 수도 없었다. 건물로 돌아와 센터 안의 화장실로 들어갔다. 변기 뚜껑을 내리고 그 위에 걸터앉아 참았던 눈물을 터트렸다. 실장의 목소리가 들려왔다.

"화장실 오래 쓰는 사람 누구야? 모두 열심히 전화 받고 있는데 어서 나와 전화 받아요!"

눈물을 닦으며 생각했다. 나는 오늘 '상담사 김의경'이란 이름은 잃어버렸지만 '소설가 김의경'이란 이름을 새로 얻었다고.

뱅쇼

　　　한 해를 며칠 안 남겨놓아서인
지 요 며칠 멍한 상태로 시간을 보냈다. 어느새 올해
의 마지막 토요일이 되었고 가벼운 주머니 사정을
생각하며 어떻게 하면 조촐하게 연말 분위기를 낼
수 있을까 고민했다. 이번 연말은 최대한 조용하고
소박하게 보낼 생각이었다. 문득 떠오른 것은 '뱅쇼'
였다. 작년 이맘때는 친구들과 함께 뱅쇼를 사 먹었
지만 이번에는 직접 만들어 먹기로 했다. 저녁 시간
에 남편과 함께 마트에 가서 와인과 과일, 그리고 시
나몬 가루를 사왔다. 베이킹소다를 푼 물에 레몬과
귤을 담가두고 저녁식사를 마친 다음 뱅쇼를 만들
기 시작했다.

우선 레몬과 귤을 얇게 썰었다. 냄비에 얇게 썬 과일과 설탕을 넣고 와인 한 병을 모두 쏟아부은 다음 불에 올렸다. 중불에 20분쯤 끓이자 집 안에 포도향이 가득했다.

갑자기 남편이 바나나를 썰어 냄비에 집어넣었다. 나는 놀라서 물었다.

"아니 왜 뱅쇼에 바나나를 넣어?"

나는 바나나를 냄비에서 건지려고 했지만 이미 뜨거운 와인에 녹아든 상태였다. 남편이 머리를 긁적이며 말했다.

"넣으면 안 돼? 안 될 건 없잖아."

그러고 보니 시나몬 가루를 넣는 것도 잊어버렸다. 나는 불을 끈 다음 냄비에 시나몬 가루를 넣었는데 실수로 너무 많이 넣는 바람에 코끝이 간지러웠다. 나는 재채기를 하며 뱅쇼를 국자로 휘저었다. 어쨌거나 뱅쇼는 완성되었다.

찬장을 열자 와인잔이 하나밖에 보이지 않았다. 남편에게 와인잔 하나를 못 봤느냐고 묻자 지난달에 깨져서 버렸다는 대답이 돌아왔다. 어쩔 수 없이 와인잔 하나와 맥주잔 하나에 뱅쇼를 담아 식탁에 올려놓고 마주 앉았다. 한 모금 맛본 뱅쇼는 생각보다 맛있었다. 바나나 덕분에 달콤한 맛이 더해져 더 맛있는 것 같았다.

　나는 SNS에 사진을 찍어 올리려고 핸드폰을 들었다가 다시 내려놓았다. 이 뱅쇼는 굳이 기록으로 남기지 않아도 오래 기억에 남을 것 같아서였다. 시큼하고 달큰한 뱅쇼의 향기 속에서 다사다난했던 한 해가 저물어가고 있었다. 뱅쇼 한 잔에 묵은 근심을 녹이고 잔을 맞부딪치며 아직은 오지 않은, 다가올 한 해를 위한 건배를 했다. 올해의 남은 며칠간은 뱅쇼의 향에 취해 흘려보내도 나쁘지 않을 것 같았다. 정해진 뱅쇼 레시피가 없는 것처럼 시간을 보내는 데도 정답은 없으니까.

해돋이

　　　　　새해 첫날 아침, 남편과 함께 개를 데리고 산에 올랐다. 해돋이 명소에는 못 가도 동네 산에라도 오르자고 약속했던 터였다. 아직 어둑해서 산속을 걷는 것이 으스스했다. 어디선가 갑자기 산짐승이 튀어나올 것 같았다. 개는 나무 위의 청솔모를 보며 짖어댔다. 나는 핸드폰 랜턴으로 길을 비추며 천천히 산을 올랐다. 정상에 가까워지자 이마에 땀이 솟아났다. 앞쪽에 산을 오르는 노부부가 보였다. 할아버지는 지팡이를 짚고 서서히 산을 오르고 있었다. 앞서가던 할머니가 때때로 멈춰 서서 할아버지를 기다려주었다. 그들은 가까워졌다가 멀어지기를 반복했다. 그들의 걷는 속도가 느려서 결국 우리가 그들을 앞지르게 되었다.

정상에는 생각보다 많은 사람이 모여 있었다. 가족 단위로 온 사람들부터 홀로 온 청년까지 다양한 연령대의 사람들이 해돋이를 기다리고 있었다. 노부부는 한쪽에 앉아 텀블러에 담아 온 차를 마셨다. 새해의 첫 번째 해라는 사실에 가슴이 두근거렸지만 해돋이는 생각보다 실망스러웠다. 날이 흐린 데다 해발 500m도 되지 않는 낮은 산이다 보니 주황빛으로 물드는 장관은 펼쳐지지 않았다. 해는 구름에 가려 잘 보이지 않았고 어느 순간 어두운 사위가 조금 더 밝아졌을 뿐이었다.

사람들이 하나둘 산을 내려가기 시작했다. 우리도 내려가려는데 할머니가 컵에 따른 차를 내밀며 추운데 마시고 가라고 권했다. 우리는 감사하다고 말한 다음 차를 받아 마셨다. 구수한 우롱차였다. 할머니는 결혼한 이후로 남편이 출장 갔던 한 번을 제외하고 새해 첫날에는 늘 함께 산에 올랐다면서 새해 첫날의 해는 매해 확연히 다르다고 했다.

"해도 한 해를 살아서 그런 거지."

할아버지가 옆에서 거들었다. 할머니는 할아버지 다리가 불편해서 내년에는 함께 오기 힘들 것 같다고 했다. 할머니는 내게 핸드폰을 건네며 사진을 한 장 찍어달라고 부탁했다. 사진을 서너 장 찍은 후 노부부는 자리에서 일어났다. 노부부는 또다시 멀어졌다가 가까워지기를 반복하며 산을 내려갔다.

나는 다음 해에도 산에 올라야겠다고 생각했다. 한 해를 산, 올해와는 확연히 다른 다음 해의 해를 보기 위해서.

협상 가능한 맛

엄마와 함께 비건 카페를 방문
했다. 집에서 가깝진 않았지만 친구가 추천한 식당
이었으므로 꼭 한번 가보고 싶었다. 소풍 가는 마음
으로 가벼운 운동화를 신고 지하철과 마을버스를
번갈아 타고 예쁜 간판을 단 비건 카페에 도착했다.
직장인들의 점심시간이 시작되기 전이었지만 이미
외국인 손님들이 한쪽 테이블을 메우고 있었다. 나
는 메뉴판을 들여다봤다. 메뉴는 커피, 케이크, 아이
스크림과 같은 디저트류부터 햄버거, 피자, 파스타,
볶음밥과 같은 식사류까지 다양했다. 모든 음식은
육류, 어패류는 물론이고 달걀, 버터도 사용하지 않
고 오직 식물성 재료만을 사용해 만든다고 했다. 고

기를 넣지 않은 햄버거는 언뜻 상상이 되지 않았지만 다른 손님의 테이블에 놓인 햄버거는 입에 침이 고일 정도로 먹음직스러워 보였다. 햄버거 패티로는 콩으로 만든 고기를 넣은 것 같았다.

고민 끝에 뚝배기 콩불구이와 토마토 파스타를 주문했다. 뚝배기 콩불구이에도 소고기처럼 보이는 콩고기가 들어 있었다. 물론 맛은 소고기와는 달랐다. 콩고기는 기름지지 않고 담백했다. 토마토 파스타에는 고기가 아닌 버섯이 들어가 있었는데 동물성 재료를 사용하지 않으면서도 고유의 맛을 내려고 애쓴 흔적이 엿보였다. 엄마는 음식을 반쯤 먹다가 말했다.

"익숙한 맛이 아니라서 좀 낯설긴 하다. 덜 자극적이니까."

자극적인 맛에 익숙한 우리는 음식을 조금 남겼다.

어느새 식당은 사람들로 가득 찼다. 나는 무엇보다 그 공간을 메운 분위기가 마음에 들었다. 그곳은 반려동물 동반이 가능했고 모든 것이 '셀프'로 이루어졌다. 주문을 하고 음식을 받아오는 것도, 다 먹은 다음 식기를 반납하는 것도 스스로 해야 했다. 벽에는 운동선수, 영화배우와 같은 유명한 채식인들의 사진이 붙어 있었다. 그들처럼 완벽한 채식주의자가 될 자신은 없었지만 그들의 목소리에 귀를 기울이지 않을 수 없었다. 우리는 앞으로 고기 먹는 횟수를 줄이고 비건 식당에 자주 오기로 했다. 나는 그곳에서 나오면서 엄마에게 말했다.

"그래도 동물의 고통이 줄어든다고 생각하면 충분히 괜찮은 맛 아니었어?"

엄마는 고개를 끄덕이며 말했다.

"그래. 그렇게 생각하면 협상 가능한 맛이었어."

만화경

　　　　　　　주말마다 공원 놀이터에서 혼자
노는 아이가 있다. 초등학교 저학년생으로 보이는
그 아이를 본 지는 반년이 넘었다. 다른 아이들은 그
네를 타거나 미끄럼틀 위에 올라가 있는데 그 아이
는 늘 혼자 놀았다. 엄마가 창문에서 아이의 이름을
부르며 집으로 들어오라고 해도 아이는 들은 체도
하지 않았다. 아이는 눕거나 앉은 채로 오래도록 움
직이지 않았다. 동네 주민이 그 아이에 대해 귀띔해
주었는데 학교에서 왕따를 당한 이후로 아이가 말
을 하지 않는다고 했다. 그 이야기를 들은 이후로 아
이를 더욱 유심히 지켜봤다. 아이는 대체로 허름한
옷차림이었고 낮시간에 공원 벤치에 앉아 무언가를

눈에 붙이고 있었다. 만화경이었다.

사내아이들이 다가가 말을 건네도 그 아이는 만화경에서 눈을 떼지 않았다. 한 아이가 그 아이의 뒤통수를 툭 치고 도망갔다. 아이는 아무런 반격 없이 벤치에 누운 채로 만화경을 들여다봤다. 나는 아이가 손에 쥔 만화경을 빼앗아 들여다보고 싶은 충동을 애써 억눌렀다.

처음으로 선물받은 만화경이 떠올랐다. 예쁜 천을 둥근 통에 입힌 만화경이었는데 겉모습에 반해 온종일 손으로 만지작거리며 갖고 놀았다. 만화경을 손에 쥐여준 사람은 그것을 어떻게 사용하는지는 알려주지 않았으므로 나는 며칠간 안을 들여다볼 생각은 하지 않고 자랑만 하고 다녔다. 그리고 가족이 모두 잠든 뒤 잠이 오지 않아 눈을 말똥말똥 굴리던 어느 깊은 밤, 침대에 엎드려 만화경 입구에 눈을 붙였다. 숨이 멎을 것 같았다. 난생처음 만난 만화경은 야생의 풍경에 가까웠다. 초록색 알갱이들이 메뚜기처럼 툭 튀어오르기도 했고 한두 개의 포도알이 갑자기 알이 무성히 달린 포도송이가 되기도 했다. 손을 움직일 때마다 쌍둥이 데칼코마니가 쏟아져 나왔다.

　시각적으로 화려한 볼거리들이 넘쳐나는 시대에 만화경은 골동품으로 취급될지도 모른다. 하지만 눈앞의 아이를 보니 만화경의 매력은 여전히 유효하다는 생각이 들었다. 아이는 외로워 보이지만 외롭지 않을지도 모른다. 외로울 거라는 어른의 생각과 달리 아이는 화려하고 다채로운 세계에서 잠시 길을 잃었을 뿐일지도 모르니까.

철물점과 예술가

길을 걷다가 길가의 가게에 시선이 멎었다. 2층짜리 연립주택 1층에 있는 철물점이었다. 처음에는 철물점인 줄 몰랐다. 철물점이 조금씩 사라져가고 있기도 했지만 살면서 이런 외관을 갖춘 철물점은 본 적이 없었기 때문이다. 수도꼭지, 샤워기, 자물쇠, 형광등 같은 철물점에서 파는 물건들과 멜로디언, 스피커, 기타 같은 음향기기와 악기들을 벽면에 빼곡히 달아 꾸민 그 가게는 하나의 거대한 예술품 같았다. 물건들과 악기들 사이로 '모기장 수리' '전기 공사' '수도꼭지 교체' '출장 수리'와 같은 글자가 붙어 있었다. 밤에는 초록빛 등을 켜놓아 철물점은 더욱 신비로워 보였다.

이튿날 나는 다시 철물점에 방문했다. 그곳에 들어가 보고 싶은 마음을 억누를 수 없었다. 철물점 문을 열려고 하자 뒤에서 아저씨가 말했다.

"뭐 사시게요?"

동네 주민인 줄 알았는데 철물점 주인인 모양이었다. 나는 우물거렸다. 사실 살 것이 없었기 때문이다. 내가 안으로 들어서자 그도 뒤따라 들어서며 다시 물었다.

"어떤 거 찾으세요?"

철물점 내부는 생각보다 좁았다. 나는 눈앞에 있는 3구 멀티탭을 가리키며 이것을 달라고 했다. 사포도 하나 달라고 했다.

아저씨가 사포를 찾는 동안 나는 철물점 내부를 훑어봤다. 진열된 물건들은 다른 철물점과 크게 다를 것이 없었다. 하지만 뭔가 다른 것이 있었다. 공간을 나누듯이 한쪽에 쳐진 보라색 커튼 위에는 'the guitar'라는 검은색 글자가 수놓여 있었다. 나는 커튼을 걷고 싶은 유혹을 가까스로 억눌렀다.

혹시 철물점 주인은 기타리스트가 아닐까. 나는 그곳에서 나와 집으로 돌아오는 길에 보라색 커튼 안에서 기타를 치다가 전화를 받고 나가 수도꼭지를 수리하고, 다시 철물점으로 돌아와 커튼 안으로 들어가는 기타리스트를 떠올렸다. 내 추측이 맞는 다면 그는 보라색 커튼을 경계로 예술과 생활이라는 두 개의 공간을 넘나드는 사람일 것이었다. 동떨어진 것처럼 보이는 철물과 예술은 사실 아주 밀접한 것인지도 모른다. 생활을 영위할 수 있는 사람이 예술을 지속할 수 있을 테니까.

5장

다시, 봄

삶은 오늘도 계속되니까

임산부 배려석

이른 아침, 설레는 마음으로 병원에 갔다. 의사가 모니터 한곳을 손가락으로 가리키며 말했다.

"이게 아기집이에요."

임신테스트기로 두 줄을 확인했을 때도 임신했다는 것을 실감할 수 없었지만 아기집을 보고서도 그건 마찬가지였다. 아직 태동도 느껴지지 않았고 몸이 무겁지도 않았다. 한두 번 아랫배에서 콕콕, 하는 통증이 느껴지긴 했다. 병원에서 발급해준 임신확인서를 들고 보건소에 방문해 임산부 배지를 받아 들고서도 실감이 나지 않기는 마찬가지였다. 나는 지하철에서 임산부 배려석에 앉지 않았다. 그 자리에는 때때로 남자가 앉아 있기도 했지만 배가 부른 것도 아니라서 선뜻 자리에 앉을 수 없었다.

며칠 뒤 다시 만난 의사가 당황한 얼굴로 아기집이 보이지 않는다고 했을 때 나는 역시 실감이 나지 않았다. 의사는 아기집이 휩쓸려간 것 같다고 했다. 간호사는 화학적 유산이 진행 중인 것 같다고 했다. 의사와 간호사가 하는 말이 울려서 잘 들리지 않았지만 내 감정이 상할까 봐 그분들이 말을 고르고 있다는 생각이 들어서 담담한 척 고개를 끄덕였다.

병원에서 나와 남편에게 문자를 보냈다. 아기집이 사라졌다고. 남편에게서 답장이 왔다.

"조심해서 와. 택시 타고 와."

유산이 진행 중이라는데 택시를 탈 필요가 있을까. 나는 지하철 출구로 내려갔다. 플랫폼에 선 채로 스마트폰으로 '화학적 유산'을 검색해봤다. 화학적 유산은 흔히 있는 일이고 유산으로 치지도 않는다는 글이 보였다. 유산으로 치지도 않는다고? 그럼 왜 임산부 배지를 준 걸까. 며칠간 누군가와 함께 있

는 것 같았던 공존감은 뭐란 말인가. 의료진의 말을
곱씹어봤다. 유산도 아니고 유산이 '진행 중'이라니.
그렇다면 아이가 아직 살아 있을 수도 있단 말인가.
이곳에서 저곳으로 떠나는 중일 수도 있겠다는 생
각이 들었다.

　지하철이 도착했다. 나는 지하철에 올라타 임산
부 배지를 손에 쥔 채로 처음으로 임산부 배려석에
앉았다.

마스크

　　　　　일주일에 한 번 작은 서점에서
글쓰기 수업을 진행하고 있다. 세 번째 수업이 있던
날, 집 밖으로 나갔다가 되돌아왔다. 마스크를 착용
하는 것을 잊었기 때문이다.

　그날 수강생들은 지난주 과제였던 '물건을 소재
로 삼아 쓴 짧은 글'을 제출했다. 신종 코로나바이러
스 감염증(코로나19) 때문인지 두 명의 수강생이 '마
스크'를 소재로 삼은 소설을 써왔다. 그들의 글에서
마스크는 공포를 뜻하는 것이기도 했고 아직 잊지
못한 연인의 흔적이기도 했다.

나는 마스크를 보면 한 친구가 떠오른다. 아버지의 직업 때문에 이사를 자주 다녀야 했던 그는 학창 시절 마스크에 관련된 나쁜 기억을 갖고 있었다. 그는 고등학교 시절에만 두 번의 전학을 했다. 두 번째 학교에서 친구들은 그를 무리에 끼워주지 않았다. 단순히 끼워주지 않는 정도가 아니었다. 따돌림의 수위는 갈수록 높아졌고 한 번은 그에게 큰 상처가 되는 일도 있었다.

　　학교 식당에서 그가 같은 반 친구들에게 다가갔을 때, 그들은 다 같이 주머니에서 마스크를 꺼내 썼다. 모두 같은 흰색 마스크였던 것을 보면 따돌림을 주도한 학생이 마스크를 여러 개 가져온 것 같았다. 그들은 그를 전염병 취급한 것이다. 고작 그런 일로 상처받을 그가 아니었다. 아무렇지 않은 척 그 시간을 견뎠다. 학교를 졸업하고 오랜 시간이 흐른 뒤 그는 길을 가다가 고꾸라질 뻔했다. 한쪽 골목에서 무리 지은 학생들이 흰색 마스크를 착용한 채로 튀어나오는 것을 보고 온몸에 소름이 끼쳤다. 오래전 기억이 바이러스처럼 몸속에 잠복해 있다가 튀어나와 그를 공포로 몰아넣은 것이다.

　나는 수업을 마치고 집으로 돌아오는 길에 번화가 한복판에서 마스크를 착용한 채로 사람들의 얼굴에 붙어 있는 마스크를 오래도록 쳐다봤다. 공포와 배제, 떠나간 연인의 흔적이기도 한 마스크를.

물류창고

코로나19로 인해 일상에 크고 작은 변화가 있었다. 이런저런 일정이 취소되었고 도서관도 휴관해 집에 며칠간 갇혀 있는 신세가 되었다. 물류창고에서 일하는 남편도 귀가 시간이 늦어졌다. 사람들이 외출을 꺼리면서 물류업체는 일시적인 활황을 누리는 모양이었다.

늦어도 새벽 2시에는 귀가하던 남편이 3시가 되도록 집에 오지 않았다. 남편에게 전화를 걸었지만 받지 않았다. 10분 뒤 남편으로부터 영상통화가 걸려왔다. 핸드폰 액정화면 속 남편의 얼굴 뒤로 높게 쌓아올린 상자들이 보였다. 남편이 말했다.

"아직 안 끝났어. 물량 폭주야."

남편이 자리를 이동하자 액정화면에 마스크를 쓰고 있는 젊은 남자들의 모습이 드러났다. 물류창고에서 일하는 일꾼의 수는 700여 명이라고 했다. 쉬는 시간인지 마스크를 쓴 채로 벽에 기대어 앉아 있는 사람도 있었다.

이튿날에서야 남편이 아침 6시에 귀가했다는 것을 알았다. 엄청난 물량의 택배가 몰려들었는데 회사는 일단 주문이 오는 대로 다 받은 다음 그것을 분배하는 작업을 했다. 택배는 보통 밤 10시 정도에, 늦어도 11시까지는 작업이 마감되어야 다음 날 제시간에 배송할 수 있다고 한다. 그런데 물량을 너무 많이 받아서 11시까지 도저히 마감이 되지 않았다. 어떻게든 마감을 해보려고 작업을 하고 있었는데 택배회사에서 이렇게 많은 물량은 도저히 감당할 수 없다고 했다. 결국 회사는 택배회사에서 감당할 수 없다고 한 물량을 모두 취소해버렸다. 따라서 일꾼들은 그 물건들을 원래 자리로 다시 갖다 놓아야 했다. 재진열을 하느라 남편을 포함한 30여 명은 새벽 5시 30분까지 창고에 갇혀 있었다. 남편은 밤새 일하느라, 나는 밤새 잠을 설치느라 일상이 엉클어졌다. 하지만 일상의 재진열은 더디더라도 결국엔 이루어질 것이다. 나는 이렇게 속으로 되뇌며 흐트러진 마음을 다잡았다.

리메이크

과거를 돌아보지 않으려 애쓰지만 어쩔 수 없이 지난 기억들이 물밀듯이 밀려오는 날이 있다. 카페에 흐르는 아이유의 리메이크곡들 때문이었다. 10대, 20대를 지나며 들었던 노래들이 감성이 풍부한 가수의 목소리로 귓가에 스며드니 어쩔 수 없이 하던 일을 놓고 음악에 취할 수밖에 없었다.

'조용한 밤하늘에 아름다운 별빛이 멀리 있는 창가에도 소리 없이 비추고 한낮의 기억들은 어디론가 사라져 꿈을 꾸듯 밤하늘만 바라보고 있어요. 부드러운 노랫소리에 내 마음은 아이처럼 파란 추억의 바다로 뛰어가고 있네요. 깊은 밤 아름다운 그 시

간은 이렇게 찾아와 마음을 물들이고 영원한 여름
밤의 꿈을 기억하고 있어요.'

　정작 그 시절에는 아무 생각 없이 따라 불렀던
노래인데 한 마디, 한 마디 곱씹을수록 가사가 깊은
의미를 지니고 있는 것 같았다. 어떤 노래는 한동안
일했던 카페에서 사장이 늘 틀어두었던 곡이었다.
그만 듣고 싶다고 생각했을 정도로 지겹도록 들었
던 노래였는데 오랜만에 들으니 반가웠다. 나도 모
르게 그 노래를 작게 흥얼거렸다.

　순간이동을 한 것처럼 많은 일이 떠올랐다. 그
노래를 즐겨 듣던 시절에 만났던 친구들, 당시 아르
바이트했던 장소, 그 시절 가졌던 고민들이 떠오르
며 눈에 눈물이 고였다. 그때 들었던 노래와는 분위
기도 감성도 다른 리메이크곡이기에 회상하기에 더
욱 적합했다. 기억은 변질되기 마련이니까. 회상한
다는 것은 그 일들이 이젠 멀어졌다는 뜻이리라. 한

　김현식의 〈여름밤의 꿈〉을 아이유가 리메이크한 곡으로 작사가는 윤상이다.

편으로 회상한다는 것은 어떤 공간이, 시간이, 사람이 내게 사무쳤다는 뜻이다. 오래도록 잊고 있었던 기억들이 노래를 통해 되살아나 시간의 옷을 입고 재정의되기도 한다. 한 곡의 노래는 어쩌면 그 노래가 만들어지고 나서 오랜 시간이 흐른 뒤에 완성되는지도 모른다. 그 노래를 들으며 한 시절을 보낸 사람들이 나이가 들어 노래를 흥얼거리던 때를 회상하게 되는 그때에서야 비로소.

글벗

글쓰기 수업의 마지막 날, 작은 서점은 아쉬움으로 가득했다. 그날은 평소보다 수업을 일찍 마치고 치킨집으로 이동해 뒤풀이를 했다. 우리가 알게 된 건 고작 5주, 그것도 일주일에 한 번 한두 시간이었는데 알고 지낸 지 좀더 오래된 기분이 들었다. 집에 가서 글쓰기 숙제를 하는 시간에도 서로 연결돼 있었기 때문이 아닐까. 글이란 어쩔 수 없이 글쓴이를 드러내 보여주기 때문인지도 모른다.

대학 시절 나는 글쓰기 모임을 찾다가 인터넷 글쓰기 동호회에 가입했다. 태어나 처음으로 참여한 글쓰기 모임이었다. 오프라인 모임에서 만난 동호회 리더는 이렇게 말했다.

"글을 통해 사귄 벗을 문우, 혹은 글벗이라고 합니다."

나는 '글벗'이란 말이 마음에 들었다. 글벗. 입안에서 그 단어를 몇 번 굴려보았다. 친근하지만 낯간지러운 단어라고 생각했다. 내가 누군가에게 글벗이 될 수 있다고 생각해본 적이 없었기 때문이다.

글쓰기 모임은 때때로 해산되었으므로 나는 다시 다른 모임을 찾았고 그 과정에서 몇 명의 글벗을 만날 수 있었다. 어떤 친구는 처음부터 끝까지 글벗이었고 어떤 친구는 글벗인 줄 몰랐는데 한참 뒤에 글벗이었음을 깨닫기도 했다. 누군가와는 오래전 연락이 끊겼지만 여전히 글로써 연결되어 있다고 느낀다. 그의 첫인상은 흐릿하지만 첫 글은 비교적 선명히 기억난다. 그만 잊어주었으면 싶은, 오래전에 쓴 글을 자꾸 입에 올리며 놀려먹는 친구, 글벗. 그러고 보면 글벗이란 참 재미난 인연이다. 아무도 봐주지 않는 내 글을 읽어준 사람만이 글벗은 아닐 것이다. 쓰고 싶다는 생각을 불러일으킨 누군가, 글의 씨앗에 물을 뿌려준 사람. 글벗은 글이라는 망망대해에서 허우적대고 있던 내게 누군가 던져준 구명보트였다.

이제는 서로에게 글벗이 된, 조금씩 멀어지는 그들의 뒷모습을 멀리서 쳐다봤다. '마지막 수업'은 마지막 수업이 아니었다. 그들의 글쓰기는 이제 막 시작되었으니까.

동네서점

인터넷에서 '동네서점'을 검색하면 한번 들으면 잊을 수 없는 이름들이 흘러나온다. 꽃피는책, 사슴책방, 그건그렇고, 구름책방, 소리소문, 모모, 단비책방, 나이롱책방, 여행가게……. 이름만 들어서는 서점이라는 것을 알기 힘든 곳도 여럿이다. 서점 주인들은 서점을 진심으로 사랑하는 것이 분명하다. 이름을 짓는 과정을 상상하는 것만으로도 그곳에 가보고 싶다는 생각이 든다. 그래서 이달에는 평소 가보고 싶다고 생각만 하고 가지 못했던 동네서점을 찾아다녔다. 나는 홀로 일곱 군데의 작은 서점을 탐방했다. 지하철을 타고 한 시간이 더 걸리는 서점을 찾아가는 것은 작은 여행이라고 할 수 있었다. 지하철역에서 내릴 때는 가슴이 두근거렸다.

그렇게 만난 동네서점들은 대부분 열 평 이내의 좁은 공간이었지만 저마다 개성이 뚜렷했다. 모두 같은 서점이지만 공간을 메운 책도, 책방의 분위기도 달랐다. 안타깝게도 손님이 적다는 점에서는 같았다. 내가 방문한 시간에는 주인과 나 단둘뿐이었다. 그래서 서점 주인의 추천으로 구입한 책은 더욱 특별한 인연으로 느껴졌다.

책을 읽는 인구가 줄어가고 동네서점도 줄어간다. 하지만 서점이 없는 동네를 상상하긴 힘들다.

서점 탐방 마지막 날에는 길을 헤매다가 어둑해진 저녁에야 서점에 도착했다. 1층에 입점한 서점은 이미 문을 닫은 상태였다. 서점 안에는 희미한 조명이 켜져 있었는데 빈티지한 분위기의 서점은 신비롭고 비현실적인 느낌이 났다. 서점 앞에는 길고양이 두 마리가 앉아 있었다. 그들은 누군가 놓고 간 사료를 먹고 있었다. 인간이 모두 잠든 시간, 혹시나 길고양이들이 모여서 회의를 한다면 회의가 이뤄지는 장소는 아마도 동네서점이 아닐까. 서점이 없는 동네를 상상하는 것은 길고양이가 없는 거리를 상상하는 것과 비슷하다. 상상하는 것만으로도 괜히 서운해지는 것이다.

셀프빨래방

늦은 밤 셀프빨래방에 가려고 집을 나섰다. 대체로 계절이 바뀌는 시점에 빨래방에 간다. 빨래방에서 빨래를 하고 나면 계절을 마무리 짓는 느낌이 들기 때문이다. 때마침 세탁기가 고장 나는 바람에 평소보다 자주 빨래방에 가야 했다.

자정이 넘은 시각이지만 손님이 두 명 있었다. 20대 여성은 세탁기가 돌아가는 동안 문제집을 풀었고 중년 남성은 건조기에 옷을 넣은 다음 한쪽에 놓인 안마의자에 앉아 안마를 받았다. 나는 세탁기가 돌아가는 동안, 그리고 건조기로 옮긴 세탁물이 건조되는 한 시간 남짓의 시간 동안 텔레비전을 봤다. 건조가 끝난 후 건조기에서 세탁물을 빼다가 무심코 빨래방 한쪽에 놓인 메모판에 시선이 머물렀다. 메모판에는 빨래방에 방문한 사람들이 붙여놓은 색색의 포스트잇이 덕지덕지 붙어 있었다. 빨래방 주인에게 남기는 감사의 글이나 불만 사항도 있었지만 혼잣말을 하듯이 자신만의 상념과 감상을 적은 글, 취업과 가족 건강을 기원하는 글도 있었다. 다른 사람의 글에 답을 적어 붙인 포스트잇도 있었다. 나도 포스트잇에 짧은 글을 적어 메모판에 붙였다.

"축 처진 축축한 마음, 뽀송뽀송한 빨래처럼 바싹 말리고 갑니다."

이틀 뒤 먼동이 틀 무렵, 이불과 옷가지 몇 벌을 손에 들고 빨래방으로 이어진 언덕을 올랐다. 이렇게 일찍 일어난 것이 대체 얼마 만인가 싶었다. 이른 아침에 빨래방에 온 것은 처음이었다. 한밤중의 셀프빨래방은 나름의 운치가 있었는데 아침의 빨래방도 마찬가지였다. 이른 아침의 빨래방은 고요했다. 누군가 세탁기를 돌려놓은 뒤 자리를 비운 듯 단 한 대의 세탁기만 돌아가고 있었다. 건조기에 들어간 빨래가 마르기를 기다리며 커피를 마시다가 내가 붙인 포스트잇 위에 누군가 다른 색의 포스트잇을 붙여놓은 것을 발견했다. 내게 보낸 답장이었다.

"축 처진 마음은 남 탓이라도 마음을 말리는 건 내 몫이죠. 빨래는 셀프니까요. 뽀송뽀송한 마음 오래 간직하시길요^^"

이토록 다양한 일상

        SNS를 하면서 감탄하는 것 중 하나는 세상에 이토록 다양한 일상이 존재한다는 사실이다. 덕분에 종종 대리만족을 느낀다. 앉은 자리에서 해외여행을 하기도 하고 다양한 지역의 음식을 눈으로 맛보기도 한다. 누군가는 콘서트 사진을, 누군가는 전시회 사진을 찍어 올린다. 한 사람의 SNS에 올라오는 글은 한 가지 색이 아니다. 활기로 가득 찬 삶을 보여주던 사람이 어느 날 우울의 정점을 찍기도 하고 늘 담담한 어조를 유지하던 사람이 분노를 표출하기도 한다.

  여기저기서 완전히 다른 이야기들이 경쟁하듯

이 올라올 때도 있다. 누군가는 헬스장에서 역기를 들어 올리고 누군가는 몸이 아파 병원에 누워 있다. 누군가의 SNS에 이제 막 태어난 아기 사진이 올라올 때 다른 누군가의 SNS에는 부고가 올라온다. 입학과 졸업, 합격과 불합격, 결혼과 이혼, 반려동물의 입양과 죽음, 창업과 폐업…… 하지만 어느 순간 완전히 다른 이야기가 아니라 제각기 저마다의 자리에서 자연스럽게 되풀이되는 이야기라는 생각이 들었다. 입학을 했으니 졸업을 하고 반려동물을 입양했으므로 죽음도 맞이하게 된다. 만났으므로 헤어진다. 희망을 가졌으므로 절망도 맛보게 된다.

반복과 순환. SNS를 하면서 깨달은 것은 우리의 삶이 반복과 순환으로 이뤄져 있다는 것이다. 그래서 평정심을 유지하지 못하는 것을 넘어서, 일상을 유지하기 힘들 정도로 절망적일 때는 상투적인 말이지만 이렇게 스스로를 위로한다. 곧 지나갈 거라고. 그러니까 넋 놓고 있지 말고 또 하루의 일상을 보내라고. 네 삶에 이토록 다양한 일상을 하나 더 추가하라고. 딱히 다른 위로의 방법을 모르기 때문이기도 하다.

　오래전 SNS에 올린 글처럼 지금은 흑백영화의 한 장면처럼 흐릿하지만, 급속도로 휘몰아치며 발목을 잡던 절망의 구렁텅이도 결국엔 삶이라는 흙으로 평평해지지 않았느냐고. 삶은 계속될 것이므로.

생활이라는 계절

초판 1쇄   2022년 10월 25일

지은이   김의경

편집   김화영
마케팅   어쩌면 이 책을 읽은 누군가
디자인   지완

펴낸이   김화영
펴낸곳   책나물
등록   제2021-000026호(2021년 3월 8일)
이메일   booknamul@daum.net
블로그   blog.naver.com/booknamul
인스타그램   @booknamul

ISBN   979-11-92441-04-7 03810